La suerte del Dios Hambriento

M.C. Arellano

Copyright © 2020 M.C. Arellano

Todos los derechos reservados.

ISBN: 9798669365905

*Para Jesús, inspiración constante,
adalid de la aventura,
susurro azul que ruge en la noche
bajo la eterna luz estelar.*

I Garna 9

II La Ciudad Sagrada 29

III Ärbada 63

IV El Templo Umbrío 42

V Kärgen 114

En el principio estaba Ella, que murió de parto al dar a luz a los Dioses Hambrientos. El mayor, a quien en Larda llaman Urboja y en Veria Kardärago, se alimentó de su hermano y cometió así el primer crimen. Mientras Ella agonizaba, derramó nueve lágrimas y en cada una de ellas se formó uno de los dioses de la Enéada.

El Dios Vidente elevó su voz llamando a sus hermanos al orden. Comprendió la voluntad truncada de Ella y se dispuso a cumplirla.

La Diosa Velada cubrió su rostro por la vergüenza que le produjo el crimen del Dios Hambriento. Rehusó a tomar un nombre y su voz se volvió queda y apenas audible.

El Dios Azul sopló sobre Ella y Ella se deshizo en tierra y agua. La tierra se extendió y el agua se acomodó en sus huecos creando mares, lagos y ríos.

La Diosa Vibrante cantó en voz baja pura tristeza por el comienzo tan aberrante que había tenido el Todo. Las notas de su lamento hicieron vibrar la sangre que había perdido Ella antes de morir.

El Dios Etéreo se alejó del horror lo más que pudo. En la estela de su huida, sus pisadas dejaron las huellas brillantes que hoy conocemos como estrellas. Largo y accidentado fue su peregrinaje, y se dice que aún no ha encontrado descanso.

La Diosa Vehemente reprendió al Dios Hambriento con dureza, y la fuerza de sus palabras se clavó en él como un cuchillo; pero era obstinado y no quiso reconocer lo que había hecho ni arrepentirse.

El Dios Vengador atacó al Dios Hambriento, haciéndolo huir. Lo persiguió por el vacío hasta perderse, y sólo pudo encontrar el camino de regreso gracias al canto de la Diosa Vibrante.

La Diosa Danzante se manchó los pies en la sangre de Ella y bailó sobre la tierra, y crecieron árboles y plantas. Caminó sobre los mares y los primeros animales habitaron en ellos, lo que le hizo sonreír.

El Dios del Silencio no hizo nada, ni dijo nada. Se replegó en las sombras y esperó.

Tomaron el nombre de Enéada y resolvieron aborrecer al Dios Hambriento, pero no reproducirían su espantoso crimen. Protegerían a la Vida de los envites del Dios Hambriento, mientras cumplían la voluntad de Ella en la medida en que fuese posible.

1. Garna

El bebé lucía un sorprendente color rosa en sus mejillas. Tenía unos ojos enormes que lo miraban todo con curiosidad y se chupaba el puño con dedicación tumbado sobre la manta doblada.

—¿En serio? —bufó ella, que se peinaba con furia, aferrando con tanta fuerza el peine que los nudillos se le habían puesto blancos—. ¿De verdad tienes la desfachatez de recurrir a mí, ahora?

Sus ojos se dirigieron hacia el bebé. Ya le había puesto nombre; de hecho, había tenido nombre desde antes de salir de sus entrañas, lo cual traía muy mala suerte. Los bebés morían con asombrosa facilidad, todo el mundo lo sabía. Si le dabas un nombre a un nonato, los dioses pensaban que eras arrogante y te arrebataban tu hijo a la menor oportunidad. Todo el mundo lo sabía.

Él pensó, mientras ella seguía farfullando, que seguramente ella lo sabría también, pero que no le importaba lo más mínimo. Nunca se había caracterizado por respetar excesivamente a los dioses. Había saqueado el cubil de Urboja sin parpadear hacía casi una década y aún no había sufrido ninguna consecuencia. Él también sabía que los dioses se tomaban su tiempo.

—Te necesitamos —dijo, tratando de parecer convincente—. Eres la única que ha estado allí. La única que ha logrado vencerlos.

El bebé gorgoteó, al parecer feliz por alguna causa indeterminada. Él no terminaba de sentirse cómodo con aquel cachorro presenciando la conversación.

—Me necesitáis —repitió ella, clavándole los ojos azules, entre incrédula y furibunda—. Me necesitáis. ¿Importa acaso lo que necesito yo? ¿Sois más importantes que yo?

Él titubeó. No se le daban bien las palabras, no entendía por qué lo habían enviado con la petición. No era el adecuado. No iba a lograr convencerla nunca.

—¿Qué necesitas? —se atrevió a preguntar.

—Necesito que me dejéis en paz —contestó ella, soltando bruscamente el peine sobre el montón de trastos que había en el catre—. Quiero criarlo en paz —añadió señalando al bebé.

—Las mujeres de Garna también quieren criar en paz a sus hijos —dijo él, sin saber muy bien cómo se le había ocurrido.

Ella se quedó en silencio, mirando al orondo bebé, que babeaba ajeno a lo que se estaba decidiendo aquella noche. Él esperó. El fuego crepitaba y la olla hervía quedamente, empezando a impregnarlo todo con un olor que le hizo sentir hambre. Se percató de que había algunas armas en los rincones de la habitación. Recordó lo que ella siempre decía, que la gente no cambia. Deseó que en ese caso fuera verdad.

—Os ayudaré —dijo ella al cabo de un rato, sin dejar de mirar al pequeño, tras suspirar hondamente—. Pero habrá condiciones. Y las vais a cumplir.

—Irás con ellas y aprenderás. No quiero oír una palabra más sobre el asunto.

Saya remedó a su madre con voz aguda sin perder la concentración en el cambio de pañales de su hermano. Trevia se dio media vuelta y le propinó un sonoro pescozón sin mediar palabra. Saya dejó escapar una leve exclamación y después se mordió el labio. Sabía cuándo no pasarse de la raya, y sería mejor intentar otra estrategia más tarde.

No quería ir a la ciudad a ningún internado de señoritas. Aprender a leer tenía su atractivo, pero pensar en estar confinada en un espacio donde no le iban a permitir llevar su cuchillo le daba escalofríos. Había algo de sentimiento de abandono en pensar que su madre tenía intención de dejarla ahí durante estaciones enteras sin ir a verla jamás.

—¿No pueden pagarte con oro? —gimió—. El oro es bueno. Podrías comprar todas las cosas que necesitamos.

—También me van a pagar oro —respondió Trevia, cogiendo otra patata para pelarla—. Me van a dar todo lo que pida. Me necesitan.

Saya puso los ojos en blanco. Eso divirtió a su hermano de alguna manera, puesto que gorgoteó. Saya volvió a hacerlo y el bebé volvió a reír. Le gustaba aquel pequeño humano que iba creciendo y aprendiendo todo lo que tenía que enseñarle. Iba siete años por delante de él.

Saya hizo una súbita deducción. Envolvió a su lustroso hermano en la manta y lo dejó con cuidado en el capazo donde dormía, y en silencio volvió junto a su madre, para coger un cuchillo y una patata y ponerse a pelar también.

—Tienes miedo de que esta vez salga mal y te maten. Quieres que me quede con ellas por si no vuelves. Pero yo sé cuidarme sola.

Trevia suspiró.

—Esta no es vida para ti —murmuró—. No es vida para vosotros. No os merecéis depender de las armas.

—Tú conseguiste esta casa con las armas —replicó Saya—. Tú acabaste con los malnacidos, los adoradores de Urboja, y eso fue bueno para mucha gente.

Saya vio las lágrimas en los ojos de su madre. Trevia, que no había previsto la congoja ante la vehemencia de las palabras de su hija, tuvo que concentrarse en no sucumbir al llanto. Soltó el cuchillo y el tubérculo a medio pelar y se levantó la blusa bruscamente. Saya vio la cicatriz blanquecina del costado.

—Si aquel sanador no me hubiera cosido, nunca habría llegado a la montaña. Eso fue bueno. Irás con ellas, aprenderás, te convertirás en sanadora y salvarás la vida a gente que hará cosas buenas también. Sin poner en peligro la tuya —añadió.

Saya apartó la vista de la cicatriz y volvió a su patata.

—El sanador también lo salvó a él —dijo, con voz átona—. ¿Cómo sabré a quién salvar y quién es mejor que muera?

Trevia se tapó. Se limpió las lágrimas con el dorso de la mano y se encogió de hombros.

—Supongo que tendrás que salvar a todos los que puedas. Por si acaso. Para matar a los que lo merecen siempre hay tiempo.

La niña asintió. Siguieron con la tarea en silencio, hasta que Trevia señaló con un gesto indicando que ya eran suficientes.

—¿Es siempre tan difícil? —preguntó a su madre, limpiándose las manos en el delantal—. Vivir, digo. ¿Es siempre tan difícil?

Trevia asintió. Saya inspiró profundamente y la abrazó antes de echarse a llorar.

Cuando llegó a la estatua bajo la cual había acordado verse con él, ya intuía que el Lord no la recibiría. A los grandes señores no les tiembla la mano para mandar a otros a enfrentarse a los horrores en su nombre, pero prefieren no ver sus caras ni asumir que son personas con familia. Si piensan en sus soldados como números o herramientas es mucho más fácil. Trevia sabía que, para gobernar bien, se ha de contar con un equilibrio entre frialdad y corazón muy difícil de mantener; por eso es tan difícil que haya buenos gobernantes, ya que suelen bascular hacia un lado u otro con facilidad. El Lord no parecía estar haciéndolo demasiado mal.

Las noticias que él le había transmitido hasta entonces confirmaban que el Lord había admitido sus condiciones, o que al menos lo había hecho quien quiera que fuese su delegado en el asunto. Trevia no había pedido mucho: un lugar para su hija en la Escuela de Baira, donde sería instruida, vestida y alimentada hasta que cumpliese los quince años, y una familia que criase al pequeño. Todo, por supuesto, caso de que ella muriese en la misión. Si sobrevivía, con algo de oro estaría bien. Una casa en la ciudad también estaría bien. Quería para Saya educación, y si vivían cerca de la Escuela podría asistir a las lecciones sin tener que aguantar las mojigaterías de las Hermanas a todas horas del día.

Él tardó un poco en llegar. El concepto de mediodía era un poco amplio y tenía cierto margen de error. Saya se había sentado en el pavimento, canturreando para sus adentros. Llevaba al bebé colgado a la espalda, bien protegido del sol con un gorro de ganchillo. Las insolaciones podían ser terribles para los niños, Trevia lo sabía muy bien. Si él hubiera tardado un poco más, se habría marchado a esperarlo a la sombra.

—No sabía que tuvieras también una hija —fue su saludo. Trevia trató de sonreír y de no sucumbir al impulso de partirle la cara. Le dio un golpecito disimulado a la niña con el pie y esta se levantó rauda, poniendo su expresión más dulce y encantadora.

—¿Cómo está, señor? —preguntó, entornando los ojos. Trevia estuvo a punto de reír. La capacidad de manipulación de Saya, combinada con su habilidad para calar a los desconocidos a primera vista, era increíble.

—Esta es mi hija Saya —dijo, acariciándole la cabecita—. Saya, este es el señor Adervus. Vendrá en la misión conmigo.

—No la vi cuando estuve en tu casa —dijo él, un poco sorprendido.

—Estaba cazando luciérnagas —explicó Trevia.

—No se preocupe, señor Adervus —intervino Saya, en tono dulce—. Mi madre cuidará muy bien de usted y no dejará que le saquen las tripas en la misión.

Trevia sintió una perversa satisfacción al ver el desconcierto de Adervus. El soldado les pidió, lacónicamente, que lo acompañaran. El Paladín los acogería antes de partir.

El Paladín de Garna había renunciado a su nombre para pasar a llamarse simplemente Paladín. Había trabajado muy duro casi desde niño para llegar a donde había llegado; entrenándose todos los días, renunciando conscientemente a llevar la vida de sus semejantes, sabiendo que si se entregaba al servicio de Garna jamás tendría esposa ni hijos. Su único objetivo en la vida era proteger Garna y a sus habitantes.

Sabía que esa misión en concreto iba a resultar muy difícil, por varias razones. Los ataques de las bestias de Urboja se habían estado sucediendo sobre la región durante los dos últimos años y todos sus esfuerzos por erradicarlos habían sido en vano. No importaba cuántos adoradores de Urboja quemase vivos, siempre aparecían más. El enfado del Lord era cada día mayor. Había sido a Adervus a quien se le había ocurrido recurrir a la Saqueadora. Él la había conocido hacía una década, cuando se había topado con aquel grupo de cazatesoros lo bastante locos como para querer robar el tesoro de Urboja. Había sido la única superviviente de aquello.

Debía de ser la persona viva que más sabía sobre el Dios Hambriento, así que podía darles una oportunidad.

Seguía siendo humano, de todas formas. Cuando vio a Adervus entrar, supuso automáticamente que la mujer que lo acompañaba con una niña de la mano era la legendaria Trevia. Se la había imaginado, parcamente, más como las mujeres de los norteños... Más rubia, más peluda, menos grácil.

Tenía el cabello corto, color miel oscuro, como la niña que la acompañaba. Parecía ágil y fuerte, y vestía de cuero marrón. Su rostro era agradable y carecía de cicatrices. El Paladín advirtió que la estaba encontrando hermosa.

—Trevia, supongo —saludó.

—El Paladín de Garna —dijo Adervus, a modo de presentación.

Trevia miró de arriba abajo a aquel supuesto guerrero sobresaliente, tomándose el tiempo suficiente para que él se diese cuenta de que lo estaba evaluando. Parecía tan pagado de sí mismo que casi sintió náuseas. Iba a tener que ponerlo en su sitio desde aquel momento si no quería estar durante toda la misión aguantando las estupideces que potencialmente se estaban gestando en su cerebro.

—¿Tienes potestad para darme lo que necesito? —inquirió, con brusquedad. Advirtió que los ojos del Paladín se habían posado con asombro en el bebé que asomaba a su espalda.

El hombre reaccionó enseguida.

—Puedo daros todo lo que necesitáis —dijo con un matiz dulzón y empalagoso mientras formaba una media sonrisa en la comisura izquierda de su boca. Trevia tuvo el impulso de vomitarle encima.

La risita de Saya despejó el ambiente.

—¡Tienes abierto el calzón! —gorjeó, alborozada, señalándole la entrepierna. Trevia sonrió. Su hija sabía elegir muy bien cuándo hacerse la maleducada. Le lanzó una mirada de falsa reprobación que ambas conocían y disfrutó con el sonrojo y la vergüenza del Paladín. También percibió a Aedervus, aguantando la risa.

—Estupendo —dijo, descolgándose al bebé—. Proporcióname un lugar donde pueda darle de comer lejos de la mirada de tus hombres. Saya te dará la lista de todo lo que tenemos que conseguir.

—Tres aljabas de flechas vorelianas. Un bardo. Seis jabones suaves de aceite. Una palangana de bronce donde quepa un bebé.

La niña recitaba de memoria ante los ojos asombrados del Paladín. Estaba intentando pensar, mientras escribía, para qué podía necesitar cada una de las cosas que estaba pidiendo. La parte pragmática de su cerebro, sin embargo, estaba más preocupada por cómo iban a transportarlo todo.

—¿Una palangana de bronce? ¿Piensa llevarse al crío con ella? —espetó Aedervus.

La niña lo miró con condescendencia.

—¿Cómo quieres engañar a Urboja si no es con un niño de pecho? —increpó, como si fuera algo que se aprende justo después de andar.

El Paladín se pasó la mano por los ojos. La misión iba a ser muy complicada.

—Continúa, por favor —rogó, esperando que la lista cobrase algún sentido cuando estuviera completa. La niña asintió.

—Un caballo por cabeza y otro de carga. Cuerdas, tres rollos vorelianos. Incienso rojo, un puñadito. Una moneda doralesa. Un acertijo nuevo. Una...

—¿Virgen? —preguntó el Paladín—. ¿Pretende pasar por el Templo del Silencio?

La niña suspiró.

—Menos mal que habéis convencido a mi madre —aseveró—. No sabéis nada de lo que hay que hacer para matar a Urboja.

Adervus lanzó una carcajada.

—¡Niña! ¿Matar a Urboja? ¿Acabar con un dios?

Saya lo miró de arriba abajo, de la misma forma que había hecho su madre con el Paladín, negando casi imperceptiblemente con la cabeza.

—Si no matamos a Urboja, nunca erradicaremos a sus bestias y nunca me dejaréis en paz —intervino Trevia, que volvía con el bebé felizmente alimentado en brazos—. Se puede matar a un dios. Sólo hay que encontrarlo. Como a los animales, conviene usar un cebo.

—Lo que estás proponiendo es un suicidio —dijo Adervus, tembloroso.

—Si queréis que libere Garna, eso pasa por liquidar a Urboja —dijo Trevia—. Mis reglas y mis métodos. Ir a la guarida de sus bestias y quemar a sus adoradores sólo es un zurcido. Volverá a romperse. Hay que acabar con la fuente del problema.

—Como cuando te rapan si tienes piojos —apuntó Saya.

El Paladín no salía de su asombro.

—No puedes estar hablando en serio.

Trevia suspiró mientras ponía los ojos en blanco, camino del hastío.

—Hablaré de forma que me entiendas —resolvió—. El Lord te ha puesto a mi servicio. Yo comando la expedición y yo cargo con la responsabilidad. No cuestiones mis métodos y limítate a obedecer. Si te digo que mates, matas, y si te digo que te calles, te callas. Ya me encargo yo de pensar.

Saya asentía con convicción. Adervus sonrió para sí. Por algo Trevia era legendaria; toser al mismísimo Paladín de Garna no era algo a lo que se atreviese nadie en su sano juicio.

El Paladín tomó aire muy despacio, lo que le llevó varios segundos, y luego lo expulsó con la misma lentitud. Después consiguió encontrar la forma de aceptar las palabras de Trevia y continuó con la logística.

—Bien. Entonces, tendrás que explicarnos el plan.

—Tengo un viejo conocido que será muy útil. Obedecerá sin rechistar; que la paga es buena y le gusta masacrar Adoradores. Habría llegado con nosotros a Kargen si no hubiera pillado unas fiebres por el camino.

El Paladín necesitaba recordarse cada par de latidos que aquello eran órdenes directas del Lord y que todo lo hacía por Garna. No le gustaban los mercenarios. No le gustaba meterse con los dioses. No le gustaba estar subordinado a una mujer que parecía completamente loca.

—¿Hicsos? —preguntó Adervus, sonriente.

—Hicsos —asintió Trevia.

—Sabía que estaba en la ciudad. Es una gran noticia.

El Paladín suspiró otra vez.

—Aún no tengo claro cómo vamos a llegar hasta allí, pero admito que será posible. Lo que no consigo concebir es que se pueda matar a un dios.

Trevia y Adervus cruzaron la mirada.

—Hay formas.

Adervus recordaba a los Saqueadores. La mayoría de los antiguos compañeros de Trevia habían perecido en el intento de robar el tesoro de Urboja, en Kargen; la supervivencia de la mercenaria había sido un auténtico milagro. No le extrañaba que aquella caterva de locos hubiese averiguado la forma de acabar con un dios.

—Ilústranos —pidió el Paladín. Estaba bastante desconcertado por la situación.

—Es caprichoso. Para alimentarse, se vuelve corpóreo. Todo lo que tiene cuerpo se puede matar, con el arma adecuada. La Tríada de Larda hirió con flechas de abedul negro al Dios Vengador. Tendremos que encontrarlas. Mi hijo servirá de cebo. Habrá que hacerse con un bardo del Dios Azul para que despedace aquello que no es carne.

Adervus tembló al recordar a Nania. Aquella jovencita rechoncha había aprendido una canción en sueños y había matado a un Adorador cantándosela a pleno pulmón. Él había visto reventar, literalmente, la cabeza de aquel hombre. Nania había enloquecido después, pero ahora vivía bastante feliz algo drogada en la Casa de la Diosa Danzante de Garna. Adervus iba a visitarla de vez en cuando.

—Así dicho, parece bastante sencillo —comentó el Paladín.

—Hay un encuentro de bardos aquí, en Garna, la próxima luna. Esperaremos hasta entonces. Si no hay ninguno que me satisfaga, tendremos que intentarlo a través de los Danzantes. Ellos conocen a los elegidos por el Dios Azul, podrían llevarnos hasta quien necesitamos.

—Eso va a llevar tiempo —gruñó el Paladín.

—¿Quieres hacer las cosas rápido o quieres hacer las cosas bien? —espetó Trevia.

—Urboja no va a ir a ninguna parte —intervino Adervus, conciliador—. Debemos ir bien preparados.

El Dios Azul no tiene templos, pero en la Casa de la Diosa Danzante nunca falta la música. Muchos ciudadanos se habían congregado en su amplio patio, donde aún bailaban un grupo de jóvenes que parecían volar entre saltos imposibles, esperando que llegase el momento de la competición.

Los bardos son relativamente habituales en Larda y en el Thrais. La gran mayoría recorre el mundo buscando las flores del Dios Azul, o siguiendo su aroma cuando ya las han encontrado. Algunos no necesitan moverse de su casa para hacerlo, y otros jamás pasan dos noches seguidas bajo el mismo techo. Los bardos tienen sus propias reglas y sus propias concepciones sobre el Dios

Azul, la Diosa Danzante y el Dios Etéreo, y algunos han sido capaces de invocar su protección y su poder.

Ese encuentro se había planteado como un evento lúdico, con un insustancial premio como «Mejor Bardo de Garna» que la mayoría de los participantes se había tomado como una excusa para escuchar canciones nuevas, reinterpretaciones de algunas piezas viejas y reencontrarse con viejos amigos. Los jueces serían mandos civiles de la ciudad, así que teniendo en cuenta su criterio inexperto a nadie le importaba quién ganase en realidad. Además, el sobrino del Lord había aprendido recientemente a tocar el laúd y se había revelado como un intérprete más que competente, así que parecía que por asombrosos que fuesen sus contrincantes el resultado estaba ya claro.

Saya estaba entusiasmada con la idea de la música. En la Escuela de Baira, donde había pasado ya unos días, le estaban enseñando a tocar la flauta y los nombres de las estrellas. Parecía que disfrutaba, pero seguía enfadada por no ir con su madre a la misión. Brincaba de impaciencia junto a ella y a Adervus, esperando que comenzase todo de una vez.

El primero en tocar fue un virtuoso del salterio que consiguió animar a gran parte del auditorio. Tras un dúo de cítara y lira, una vihuelista que desafinaba al cantar y una arpista de voz dulce, el sobrino del Lord arrancó aplausos con una composición propia.

—¿Cómo va la cosa hasta ahora? —preguntó Adervus por lo bajo, cuando el muchacho fue sustituido por otro jovencito con una bandurria.

—Mal —gruñó Trevia—. No me dicen nada.

Un anciano con una pandereta hizo brotar lágrimas sólo con su voz, cantando una melodía sin letra. Dos mellizas pelirrojas, una con una ocarina y otra cantando y tocando un laúd, animaron a los entristecidos.

Intérprete tras intérprete, Trevia se iba enfadando. Algunos eran muy buenos, pero no le decían nada. Otros eran espantosamente malos y desafinaban o se equivocaban en las digitaciones. Otros parecía que era la primera vez que cogían un instrumento, pero se notaba el alma que ponían en su interpretación.

Sin embargo, ninguno era suficiente para la misión. Ya había desarrollado un plan para ir a hablar con Su Gracilidad, la responsable de la Casa de la Diosa Danzante en Garna, cuando un hombre joven de larga melena morena apareció con un laúd y empezó a tocar.

Sus dedos volaban sobre las cuerdas, sin esfuerzo aparente, mientras miraba con una media sonrisa un punto fijo en algún lugar de la nada, más allá de los espectadores anonadados. Como si no hubiera nadie más, invocaba las notas lejos de los nervios y la premeditación de sus predecesores, dando la impresión de que sólo le importaba disfrutar de su propia música, otorgándole vida, ignorando al auditorio, que a los pocos acordes comenzó a sentir lo mismo. Mientras duró su turno, el concurso no tuvo relevancia alguna, y el universo se concentró en aquellas vibraciones, que tomaron innumerables significados, tantos como almas había allí para escucharlas.

Cuando la última nota se hubo extinguido, Trevia se dio cuenta de que estaba llorando, y sonrió. Había encontrado a su bardo.

Como era previsible, finalmente el sobrino del Lord se hizo con el trofeo sin que nadie protestara. Trevia se abrió paso entre las muchachitas y las mujeres entradas en años que revoloteaban alrededor de los bardos y localizó al suyo guardando su laúd con cuidado infinito dentro del estuche.

—Te necesito.

El bardo levantó los ojos un instante y siguió colocando con mimo el instrumento.

—¿Para qué? —inquirió, con cierta sequedad.

La mercenaria se dio cuenta entonces de lo que parecía aquello, y sonrió.

—No quiero versos de amor ni que me regales la luna esta noche —dijo—. Ni ninguna otra. Hablo de negocios, de trabajo para el Lord. Con un buen salario y mucho paisaje.

—Si hablas de compañías ambulantes, no estoy interesado —dijo amablemente el bardo, cerrando el estuche.

—¿Te es familiar el Códice Kardaragominiálico? —inquirió Trevia, decidiendo ser directa.

El bardo se quedó absolutamente quieto y le clavó la mirada.

—Se perdió en el Thrais.

Trevia sonrió de nuevo.

—¿Y si yo te digo que sé dónde queda una copia y que necesito a alguien que pueda confirmarme si es auténtico, además de ser capaz de interpretar las piezas caso de que lo sea?

El bardo seguía mirándola.

—No puedes contratar a cualquiera para eso —dijo secamente—. Sólo puedes tener un objetivo si quieres que alguien interprete las obras del Kardagálico.

Trevia asintió.

—No me he equivocado contigo —dijo, satisfecha.

El bardo suspiró y se echó el laúd al hombro.

—Ya hablaremos de mis honorarios —dijo—. No compondré nada para ti ni te llevarás nada de mí. Tendrás que obedecer en lo que al Códice respecta y me proporcionarás lo que necesite.

Trevia asintió y le estrechó la mano. El bardo hablaba perfectamente su idioma y el plan seguía adelante, y durante un instante estuvo segura de que todo saldría bien.

Los preparativos se precipitaron a partir de ese momento. Hicsos, un enorme Lardiano con los brazos como troncos y un hacha doble de presencia amenazante, apareció a la mañana siguiente ante el Paladín preguntando cuándo se iban y cuál era su caballo. En dos días se hallaban ya en el camino, rumbo a la Ciudad Sagrada, encabezados por la resolución de Trevia y envueltos parcialmente en las reservas del Paladín.

os templos de la Diosa Velada no tienen ventanas y se levantan en lugares sombríos, donde no llega la luz del sol. En ellos son bienvenidos aquellos que nacen sin el sentido de la vista, o aquellos que lo pierden durante su vida. Los deformes y los tristes se acogen también entre sus paredes, donde apenas llega la luz y reina la penumbra, para no tener que lidiar con sus penalidades

Su voz se oye cuando no puede verse nada más; en la oscuridad más profunda, allí está ella. Los Adoradores de Urboja duermen cerca de la luz para no escuchar su lacónica represalia, que los hace sentir desdichados y equivocados. Protege el sueño de los justos cuando se cierran los párpados. Para evitar las pesadillas, se vierte una gota de lluvia en los párpados de los niños, puesto que se considera que toda el agua que cae del cielo es parte de sus lágrimas.

Los templos de la Diosa Vehemente están en todas partes. Recompensa la voluntad, el esfuerzo y el trabajo duro, así como la coherencia y la pureza de corazón. Ante ella se conduce a los traidores y a los mentirosos para que reciban su castigo después de ser juzgados. Se jura sobre su nombre cuando se enarbola la verdad; si se hace en falso, trae terribles consecuencias.

A ella están consagradas un gran número de fuentes de agua.

El Dios del Silencio tiene varios templos recónditos que a veces albergan sacerdotisas, que sienten su llamada no mediante las palabras, sino por la vibración de las llamas. Sus mensajes son difíciles de interpretar y muy escasos, y es frecuente que sus salas se hallen vacías y en silencio. Usualmente se lo considera capaz de acallar a los Adoradores si se le ofrece sangre nueva, pero no es un dios popular.

La Diosa Danzante tiene presencia en todo movimiento coordinado. Cuando dos amantes se unen es costumbre honrarla juntando dos dedos de la mano y agitándolos en dirección al cielo como agradecimiento por el don del placer. Los equilibristas también se encomiendan a ella.

Es ella quien empuja las estampidas de animales y quien dirige a los pájaros en sus migraciones. Sus templos se llaman Casas y en ellos se enseña a bailar, siendo siempre bienvenidos también los elegidos por el Dios Azul.

Los Adoradores de Urboja siempre vagan sin rumbo fijo en sus plegarias, para que su movimiento no pueda alcanzar un patrón y llamar la atención de la Diosa Danzante.

11. La Ciudad Sagrada

—Tenemos que ir por ahí.

La calzada que unía Garna con la Ciudad Sagrada llevaba varios siglos empedrada y era reparada regularmente, así que el camino era cómodo y seguro. A ella se unían caminos de tierra que comunicaban con explotaciones agrícolas y caminos de grava que llevaban a aldeas menores. Las zonas que atravesaban los frondosos bosques de Larda podían ser algo más peligrosas, pero había posadas y ventas bien defendidas a cada jornada de distancia, y siempre había peregrinos y comerciantes con los que viajar, así que no había mucho de lo que preocuparse.

A no ser que, por supuesto, alguien fuera tan imprudente como para meterse entre los árboles y alejarse de la calzada.

—Estás loca —replicó el Paladín, por décimo octava vez.

Pernoctaban en una posada con los muros tan gruesos como un hombre con los brazos extendidos. Los Adoradores tendían a hostigar a cualquiera que estuviese poco defendido. El bebé había descubierto la diversión inherente a chupar medio limón y se lo estaba pasando en grande.

—La gente de por aquí la llama «senda breve» porque se acaba pronto y de repente te encuentras perdido en mitad del bosque —apuntó Hicsos, que se había cenado él solo un pan redondo relleno de cordero en salsa—. Si nos dices qué buscamos en medio de los árboles quizá sea más fácil.

Trevia resopló.

—Vamos al Templo del Silencio —siseó rápidamente, haciendo que el Paladín abriese mucho los ojos—. No pongas esa cara. Ya os dije que había que contar con las bendiciones silentes.

—No me gusta el Dios del Silencio —resopló Hicsos—. No sé de qué vale un dios que no sabes que está ahí.

—El Templo es fácil de encontrar —intervino Adervus—. No nos perderemos.

—No me preocupa perderme sino los Adoradores —gruñó el Paladín.

—Los despedazaré a todos, no te preocupes. No tendré mejor oportunidad hasta que dejemos la Ciudad Sagrada —dijo Hicsos, riendo.

La posada estaba llena de peregrinos y acababa de entrar otro grupo más. No habían conseguido una habitación, aunque sí un espacio en el antiguo granero, bastante atestado. A Trevia no le gustaba compartir paredes con un montón de desconocidos, y menos con el bebé, pero intentaba disimular su disgusto.

—Partiremos al amanecer, loca o no —resolvió tras un bostezo—. Este lechón y yo tenemos que descansar.

Rayaba el alba cuando Trevia sintió una manita en el hombro. Abrió los ojos y se encontró con la cara seria de Saya, enmarcada por el pelo enmarañado y la ropa sucia.

—Lo siento —fue su saludo, y se echó a llorar. Trevia acomodó al bebé y se levantó, abriendo los brazos a la niña asustada, pero ella dio un paso atrás negando con la cabeza. —Tengo piojos —explicó.

Trevia asintió y se llevó la mano a la bota. Allí guardaba una navaja muy afilada, parte del botín que una vez consiguiera en Kargen.

—Ven, entonces —pidió, en voz muy baja—. Siéntate y te cortaré el pelo.

Saya asintió y se sentó en el suelo ante ella. Trevia comprobó que estaba totalmente infestada.

—Las otras niñas me los pegaron —masculló, aguantando los sollozos—. El día que os fuisteis quise ir a ver las estrellas y me regañaron y me pegaron. Mira —añadió, levantando su bracito, donde se curaba un cardenal de varios tonos amoratados, amarillentos y verdosos—. Me escapé. Seguí a un grupo de peregrinos hasta que me descubrieron, y me dieron comida. Les dije que me llamaba Myra, como tu madre. Anoche os vi, pero me dio miedo...

Volvió a sollozar. Trevia, metódica, le acariciaba las zonas que iba pelando a trasquilones, para tranquilizarla. La nuca era un infierno, y tras las orejas medraban los parásitos. Mentalmente, iba preparando quejas variadas hacia el Lord y hacia la escuela de Baira, y frases de agradecimiento hacia los peregrinos que probablemente le habían salvado la vida a su hija.

—Agacha un poco la cabeza y no te muevas —pidió—. Está muy afilada. ¿Los peregrinos te trataron bien?

—Sí —murmuró—. Hay una mujer que tuvo trece hijos y los trece se murieron.

—Qué mala suerte —comentó Trevia tras tragar saliva—. ¿Harás todo lo que te diga? ¿Correrás sin mirar atrás cuando te diga que corras?

—Sí.

—Bien. Quieta.

—Pica.

—Lo sé. Luego te pasaré vinagre y dejará de picar.

—Correré cuando me digas que corra. No podía quedarme donde me pegan.

—Lo sé. Ahora, quieta.

Al final partieron bien entrada la mañana, cuando Trevia terminó de rapar a la niña. El Paladín intentó decir algo, pero cerró la boca a tiempo, e Hicsos parecía divertirse con la idea de ir a matar a un dios no sólo con un niño a cuestas sino con dos. Como el mercenario había previsto, la senda breve se acabó pronto, pero los techos del Templo eran visibles entre la espesura y, aunque se acercaba peligrosamente el ocaso cuando lo alcanzaron, decidieron entrar en él.

El templo se alzaba majestuoso sobre las rocas. Lucía seis enormes columnas estriadas, algo ajadas, pero indudablemente soberbias. Las puertas eran gigantescas;

dos hojas de madera oscura que permanecían entornadas. No había ninguna inscripción sobre sus muros: el Dios del Silencio abominaba de los testimonios.

Saya, rascándose la cabeza pelada, fue la primera en poner un pie en los escalones. Inmediatamente saltó hacia atrás, volviendo a la tierra, asustada.

—¿Vamos a tener que entrar ahí? —gimió, volviéndose hacia su madre. Trevia asintió y le ofreció la mano. La niña se la estrechó con fuerza y subió la escalinata mordiéndose el labio inferior.

Había hueco suficiente para pasar entre ambas puertas, pero Hicsos tuvo algunos problemas que hicieron reír a Saya. El bebé empezó a gimotear en cuanto se encontró en aquella oscuridad tenuemente iluminada por la luz de algunos pebeteros. El interior de la construcción era sobrio y frío, sólo había un altar al fondo en torno al cual se concentraban los escasos focos de luz.

—¿Qué se supone que vamos que buscar? —preguntó el Paladín, tratando de bajar la voz para evitar el eco.

—Todavía no lo sé —dijo Trevia, y echó a andar hacia el altar sin soltar a Saya. El bardo la siguió inmediatamente, pero a los otros les costó un poco más.

No era nada más que una piedra negra y rectangular, totalmente lisa. La mercenaria le dio un par de vueltas, visiblemente desconcertada.

—¿Qué come el Dios del Silencio? —preguntó Saya, en voz muy baja.

—¿Cómo? —preguntó Adervus.

—El Dios Hambriento come niños —explicó Saya—. ¿No tenemos nada para despertar el hambre del Dios del Silencio?

—Sangre nueva —intervino una voz queda, suave, bastante resquebrajada, que venía de detrás de Hicsos. El enorme hombre se sobresaltó y, al volverse, pudieron ver a una joven con una túnica negra, que parecía extraordinariamente frágil en esa trémula luz.

—¿Sangre? —preguntó Saya, con una mueca de asco.

—Nueva —asintió la joven, pasando por delante de Hicsos, hasta el altar. Colocó la mano pálida sobre la piedra lisa y los pebeteros se convulsionaron levemente. —Sangre metafórica, pero también real.

Miró a los ojos a todos los presentes. Los suyos eran grandes, oscuros y parecían tristes. Finalmente, su mirada se posó en Saya y le sonrió.

—¿Qué es metafórica? —preguntó la niña.

—El poeta te contestará a eso —respondió la joven—. Soy la Portadora de la Túnica, la Sacerdotisa de lo Silente. ¿Qué queréis de mi señor?

El Paladín había desenvainado tan rápido que a ella apenas le dio tiempo a tomar aire al sentir la hoja en su cuello. Saya ahogó un grito y se tapó la boca con las dos manos. Trevia bufó con disgusto.

—No hace falta amenazarla —protestó.

—Conozco a los adoradores de Urboja y esta se le parece mucho —gruñó el Paladín.

—No te atrevas a pronunciar ese nombre bajo este techo —masculló la sacerdotisa.

—Ahí lo tienes —dijo el bardo, que también parecía contrariado—. El Dios del Silencio es uno de los enemigos naturales del Dios Hambriento. Por eso hemos venido aquí —añadió.

El Paladín bufó un instante y bajó su espada. La sacerdotisa dejó escapar todo el aire que tenía retenido y se dirigió al bardo.

—Así no se pide una gracia —gimió, aferrándose al altar para no caer.

—¡Eres un bruto! —gritó Saya.

Su voz reverberó en el Templo, y en el eco que devolvieron las paredes desnudas había algo más que su límpida voz. Durante unos instantes, el fuego fluctuó.

—Pedid lo que hayáis venido a pedir o marchaos —musitó la sacerdotisa cuando se volvió a hacer el silencio—. Estáis perturbando la paz.

—Vamos a entrar en Kargen. Queremos protección.

La sacerdotisa miró a Trevia sorprendida. Después, miró al bebé que llevaba a su espalda. Por último, fijó sus ojos en Saya.

—No vas a presentar ofrendas —dijo. No era una pregunta.

—Tenemos un encargo importante del Señor de Garna —intervino el Paladín, tratando de hacerse con la iniciativa—. Sabemos que el Dios del Silencio puede proporcionarnos protección.

—El Dios del Silencio acepta las ofrendas de buen grado, pero sólo otorga a su ignoto criterio —musitó ella, con un cansancio infinito y repentino en la voz. Parecía que se le caían los hombros, oprimidos por el peso de la túnica negra.

—Tenemos que intentarlo —aseveró Saya—. No tenemos una virgen así de blanco, pero Hicsos dice que yo valdría, aunque después mi madre le machacaría la cabeza.

La sacerdotisa sonrió.

—Lo de las vírgenes os garantizo que es leyenda —dijo, con voz dulce y triste—. No se manifestará, me temo. Tendréis que conformaros con lo que yo pueda hacer.

La luz de los pebeteros empezó a debilitarse.

Salieron del Templo cuando se ponía el sol y al respirar aire fresco se sintieron renovados y tranquilos, fuera al fin de aquella atmósfera hostil y opresiva. La sacerdotisa se negó a otorgarles las Bendiciones Silentes, alegando que no les compensaría cargar con ellas el resto de sus vidas, pero sacó de alguna parte una treintena de saetas lisas de madera negra capaces, según sus palabras, de atravesar la carne divina. A cambio, había pedido una canción. Como no podía entonarse música en el interior del Templo, había salido con ellos al exterior.

El bardo, preparando el laúd, le preguntó qué le apetecía oír.

—Nací en el Thrais —dijo ella al cabo de unos instantes—. Me gustaba mucho la canción del Gordo y el Descabalado.

—Yo también soy del Thrais —dijo el bardo, con una sonrisa, y empezó a tocar.

La sacerdotisa se mantuvo inexpresiva durante toda la pieza. Era una cancioncilla ligera, una tonada alegre y burlesca que hablaba de un hombre que había perdido la razón y confundía a las gallinas con búhos y a los cerdos con princesas, haciendo pasar hambre a su gordo amigo.

Cuando terminó, Saya aplaudió.

La joven de la túnica negra se quitó entonces la pulsera que llevaba y se la tendió al bardo.

—Toma —dijo—. Es de plata de Vora.

Se dio la vuelta y volvió al Templo. Un silencio ominoso parecía emanar de él, así que se marcharon inmediatamente.

—¿Me enseñas la pulsera?

Saya había estado apagada todo el día. Se habían alejado todo lo posible del Templo antes de montar el campamento para dormir y se habían levantado aún más pronto de lo habitual para seguir avanzando. La niña seguía afectada, bastante impresionada todavía por lo acontecido. Acababan de reencontrar la senda breve y eso había mejorado un poco su humor.

El bardo extendió el brazo. La pulsera era una sencilla cadena de plata de Vora, que se extraía de unas minas consagradas a la Diosa Vehemente. Se creía que tenía propiedades protectoras y era muy apreciada en el Thrais.

—No sé cómo puede vivir una chiquilla ahí dentro —gruñó Hicsos—. No se podía respirar.

—A lo mejor no le gusta la gente —dijo Saya, satisfecha después de haber echado una ojeada a la pulsera—. Por eso se ha ido donde el silencio. Aunque pidió una canción. A lo mejor echa de menos la música. ¿Tocarás algo esta noche? —preguntó sonriendo, súbitamente animada.

—Si lo pides así, por supuesto —dijo el bardo.

—Hay que parar —dijo Trevia—. A comer.

Encontraron un claro en un recodo cercano y allí se detuvieron. Mientras el Paladín y Adervus cortaban pan y queso, Trevia retrocedió por el camino con Saya y el bebé para coger unas cuantas moras que habían visto en la vereda. La niña, metiéndoselas a puñados en la boca, hizo reír a su madre. Le dieron a probar una al pequeño, que la masticó con alborozo y gorgoteó pidiendo más, así que la voz la pilló desprevenida.

—Mujer.

Eran dos. Sus túnicas los identificaban como un Adorador y su Acólito. No tenían caballos, pero iban armados. Saya se escondió tras las piernas de su madre.

—Dejadnos en paz —exigió Trevia.

El Adorador desenvainó. La hoja de su espada era brillante y parecía muy afilada.

—Tendréis el privilegio de aplacar el hambre de Urboja al amanecer —dijo el Acólito, sonriendo tétricamente—. No te preocupes, mujer. Podrás tener más cachorros y ofrecérselos a Su Gracia.

—Ofreceré al fruto de mis entrañas cuando me plazca —replicó Trevia.

—Nos lo llevaremos, tanto si tenemos que segar vuestras vidas como si no —intervino el Adorador.

Saya se aferró a sus piernas con más fuerza. Cuando Trevia escuchó los pasos acercarse, se asombró de su levedad: o el Paladín había ocultado su habilidad como Danzante de la Hierba o no se trataba de ninguno de sus compañeros.

—¿Quién eres tú? —increpó el Acólito.

—En nombre de la Enéada, reclamo estas tres almas —respondió una voz conocida.

Trevia se volvió al sentir en el brazo una caricia y vio a la Sacerdotisa del Dios del Silencio. Esta tocó rápidamente la cabeza de Saya y la mano del bebé antes de situarse entre la familia y los secuaces de Urboja.

Tardaron unos instantes en reaccionar.

—No puedes hacer eso —protestó el Acólito.

—Puedo. Lo he hecho. Están bajo mi protección. Respiraron bajo el techo del Dios del Silencio. Bebieron el agua de la Diosa Velada. Ahora las he reclamado. La Enéada ampara esta familia.

—No tememos a la Enéada —masculló el Adorador, levantando la espada. Trevia desenvainó, instintivamente; Saya echó a correr en dirección contraria, gritando.

La Sacerdotisa extendió el brazo con la mano abierta. La hoja de la espada, que caía con fuerza directamente para partirla en dos, se quebró en mil pedazos al impactar contra una tenue barrera iridiscente. Trevia oyó el grito de Hicsos en la espesura y, cuando el Acólito cayó de espaldas con un ruido sordo, supo que Adervus había vuelto a acertar con el arco.

La mercenaria miró a la Sacerdotisa, y sonrió. No sabía muy bien cómo lo había hecho la joven, pero lo había hecho bien. Iba a felicitarla cuando se dio cuenta de que estaba extendiendo los brazos para sujetarla, porque comenzaba a desplomarse.

Erya, Señora del Thrais, sabía cómo complacer al Dios Hambriento. Kardärago era el nombre que se le daba en el Thrais, ya que habían conocido su existencia a través de Veria; en un principio habían adorado bajo los nombres de Rado y Vora al Dios Azul y la Diosa Velada, y sus viejos cuentos aún se mezclaban con las historias de la Enéada que habían llegado a través de Veria desde Larda.

Le había costado mucho llegar a donde estaba y no le había temblado el pulso a la hora de tomar decisiones en el camino. Había manipulado, tejido, urdido y entorchado sus acciones como buena Tejedora y cada puntada poseía su propia magia, ya fuese de sangre o de sombra. Era una estirpe antigua, la de los Tejedores, los Dedos de Vora. Aún podían encontrarse en ciertos mercados capas confeccionadas por ellos, por las cuales podía llegarse a pagar el valor de un pueblo entero. Erya había aprendido a controlar su habilidad casi sola y nunca había dudado al mezclarla con conocimientos ajenos.

El mediodía la había sorprendido en la cama. Hacía tiempo ya que no era capaz de conciliar el sueño al acostarse, pero lo consideraba un mal menor, el precio a pagar por ostentar el lugar que le correspondía.

Se desperezó con un gruñido. La familiar tensión de sus hilos la tranquilizó un poco.

—Buenos días, Dulzura —dijo la voz vacilante de su esposo, desde algún lugar de la gigantesca habitación. Había una pregunta detrás de aquel saludo; ella podía detectar esas cosas, y no le gustaban.

—Buenos días, Dulzura —contestó ella, enroscando un poco de hálito en la voz para tratar de evitar por las buenas alguna conversación incómoda.

—¿Has descansado bien? —preguntó él al cabo de unos instantes.

Parecía sorprendido de que fuese eso lo que estaba diciendo.

Erya sonrió.

—Muy bien, Dulzura —dijo, incorporándose del todo, insuflando más hálito a sus palabras—. He dormido demasiado —resolvió—. Este ocaso es especial.

Su dócil esposo sonrió también y asintió. Así debían ser las cosas. Así todo era fácil, sencillo y nadie tenía por qué alterarse. Así había paz. Erya había luchado mucho por la paz, le había costado mucho deshacerse de la discordancia en el Thrais. Aún recordaba lo que eran las discusiones. No le gustaba que la contradijeran.

Los pequeños estaban ilusionados. Erya, ataviada con sus mejores galas en plata y carmesí, había irrumpido en el Palacio de la Inocencia rodeada de criados cargados de juguetes y regalos, cachorros y chucherías para los niños, proclamando a voz en grito que aquel día dos de ellos, aquellos que se lo hubieran ganado, podrían ver al Unicornio. Hubo gritos de euforia, pequeñas peleas por los objetos que traía y besos lanzados desde una distancia prudente, ya que sabían bien las reglas: no se toca la ropa de Erya, porque se estropea.

El trono de Erya, en el Patio Redondo, había sido adornado con flores y guirnaldas. Complacida por la devoción que le profesaban sus pequeños huérfanos cautivos, se sentó y les regaló, para su regocijo, el cuento breve e inspirador que contaba cada luna nueva: el Lago del Unicornio. Los niños se sentaron a su alrededor, expectantes. Bordó hálito en cada frase y tejió un poco de sombra cuando la princesa metía el pie en el agua, para generar respeto. Había perfeccionado la técnica con los años. Cuando la princesa se transformó en la Luna y le pidió al Unicornio compañía en el inmenso cielo, Erya preguntó a los niños cuál de ellos quería ser estrella. Todos gritaron al unísono.

—Esta noche, tú serás estrella —anunció después, señalando a una pequeña pelirroja de unos cinco años, una delicia fantasiosa llena de pecas—. Y tú también —añadió, apuntando a un niño un poco hosco que debía de rondar los ocho años y se le estaba haciendo demasiado mayor. Ambos se levantaron entre aplausos, le besaron la palma de la mano y salieron del Palacio de la Inocencia para tomar su última cena.

La mesa estaba llena de pollos asados, carne confitada, tartas y pasteles y fruta fresca. Los niños devoraron todo lo que les pusieron delante y bebieron grandes cantidades de zumo de naranja. La pequeña pelirroja pidió rozar con la yema de un dedo el brillante terciopelo de la manga de Erya y ella le concedió la gracia.

Muy pronto ambas criaturas cayeron inconscientes a causa la gran cantidad de narcótico que había en la bebida y los eficaces lacayos de la Señora del Thrais se los llevaron al Templo.

El bardo, a pesar de la petición de Saya, no tocó aquella noche. La niña había estado cantándole a su hermano para que se durmiera e Hicsos había mantenido una acalorada discusión con Adervus sobre la manera óptima de templar un buen acero, pero el silencio se había hecho con el grupo. El primer encuentro con los Adoradores de Urboja los había puesto nerviosos a todos y compartir hoguera con una joven que había parado un golpe de espada con la mano desnuda no había contribuido a tranquilizarlos. No había dado explicaciones aún sobre por qué había abandonado el templo y los había seguido.

No había luna. La sacerdotisa vigilaba las sombras, nerviosa; sólo Adervus parecía disfrutar de un descanso profundo.

—Dicen que en el Thrais adoran a Urboja —dijo Saya, desde el regazo de su madre, en voz muy queda, la vista clavada en el bardo. Había estado llorando intermitentemente a lo largo de la tarde—. Tú has dicho que eres del Thrais.

—Han cambiado muchas cosas en el Thrais —dijo él, con un suspiro—. Tuve que marcharme de allí.

—¿No eras del agrado de la Princesa Tejedora? —preguntó Trevia, burlona.

—Sólo toco las canciones que siento —respondió el bardo—. No podía tocar nada que la complaciera.

—¿Te gusta Urboja o no? —espetó Saya, harta de metáforas.

—No me gusta Urboja —contestó, categórico—. No sigo a la Tejedora. Oponerte a ella abiertamente... Tiene consecuencias. Ha tejido demasiado poder.

El Paladín intervino.

—Los rumores en Larda dicen que ha construido un Templo a Urboja y que mantiene su paz sacrificándole niños. Dicen que hay Adoradores viviendo en la capital y que los partidarios de la Tejedora abrazan su fe.

—Yo tengo un primo en el Thrais —terció Hicsos—. Dice que no desaparecen niños desde que la Tejedora los guía, que su belleza es legendaria y que las cosas malas que se cuentan son mentiras. Protege a los niños sin familia en un palacio y los trata como príncipes. Da comida a los pobres y escucha las quejas de su pueblo en su plaza fabulosa, engalanada de plata y carmesí.

—Puede ser todo cierto a la vez —terció Trevia—. Depende de cómo lo cuentes. ¿Tú no habías nacido en el Thrais? —inquirió, mirando a la sacerdotisa, que se había mantenido en silencio.

—El Thrais es caluroso en verano y muy frío en invierno —comentó, tras unos instantes, sin dirigirse a nadie—. Siguiendo el trabajo de mi padre, viví en muchas aldeas y un par de ciudades. Dependiendo del lugar, la gente es más o menos abierta. En Trabo son especialmente hoscos, pero tiene ruinas bonitas, y hacen pasteles de almendra. No sé nada de la Tejedora, seguí la llamada del Dios del Silencio cuando aún se entonaban las canciones de Rado y Vora en año nuevo.

Sin más, empezó a cantar quedamente. La voz se le quebraba, pero su dulzura era aún perceptible aunque estuviera rota. El bardo la acompañó con el laúd inmediatamente, dando por zanjada así la conversación. La canción hablaba de la traviesa Vora, que aprendía la sensatez de su hermano Rado, y de cómo ambos coleccionaban sueños cada noche para poder crear un nuevo año con ellos, limpio y lleno de esperanza.

Saya sentía cómo se le iban cerrando los ojos, acunada por la tranquila melodía. Mientras se abandonaba al sueño, le pareció distinguir un brillo índigo en las sombras de los árboles y supo que aquella noche dormirían protegidos por el poder del Dios Azul.

La pequeña pelirroja no recordaba su nombre ni sabía muy bien dónde estaba. Envuelta en una sensación de irrealidad, flotaba ligera. Entonces, vio la estela en el cielo y sintió que debía seguirla. Quizá hubiese unicornios en ella. Nunca había volado, pero, puesto que su cuerpo yacía muerto en la dimensión física, extendió las alas de su alma y puso rumbo a los cielos.

Erya había dejado surcos sangrantes en la cara de las criadas al abofetearlas. La dosis de narcótico había sido mal calculada y la niña había muerto antes de llegar al Templo. Los niños muertos no se pueden ofrecer a Kardärago. Por suerte, la deidad parecía haberse satisfecho sólo con el otro crío, que había desaparecido en la habitual niebla cenicienta. Había pasado miedo al tener sólo un sacrificio que ofrecer y toda la tensión acumulada no había sido compensada con el enorme alivio que experimentó al ver que todo salía bien. Había buscado a los sirvientes que habían estado en la cena y les había gritado con sombra entretejida hasta que cayeron desmayados. No se había resistido a pegarles. Demasiado hacía perdonándoles la vida.

Ella misma había vertido el narcótico en las jarras, pero había perdido la cuenta de las gotas en una de ellas y no le había dado importancia. Aun así, tenía que desquitarse con alguien. Al menos nadie había cometido el error de señalarle que quizá hubiese sido equivocación suya, porque sabían demasiado bien que eso podía suponer el destierro o la muerte. Erya no soportaba que nadie le dijese que había hecho algo mal.

Mientras se tranquilizaba se dijo que en el fondo había sido su intención desde el principio. La dulce niñita merecía una muerte tranquila que le permitiese seguir la estela del Dios Etéreo y no una eternidad de condenación en los infiernos de Urboja. Había sido la piedad lo que la había movido a dejar caer más gotas de veneno de las prudentes. Al fin y al cabo, ella era Erya, la Princesa Tejedora, la Señora del Thrais. Magnánima y amada por los suyos. Todo había sido un acto de bondad. Erya nunca se equivocaba. Nunca.

Trevia fue la primera en despertar. Le sorprendió ver a la sacerdotisa acunando a su hijo en sus bracitos flacos, tarareando algo en voz muy baja. Parecía más frágil que en el templo, pero también más relajada.

Trevia sonrió, volviendo a cerrar los ojos, y se permitió unos instantes más de reposo. Tendría que decidir qué hacer con aquella inesperada compañera de viaje. Su intervención había resultado providencial en el encuentro con los Adoradores, pero no tenía mucha experiencia con las sacerdotisas del Silencio y no sabía qué esperar exactamente. Quizá fuese sólo una chiquilla asustada a través de la cual había actuado la Enéada y no fuese de ninguna utilidad aparte de esa. Trevia nunca había sido demasiado religiosa y dudaba de que la Enéada fuese una Enéada o un calamar gigante, pero había visto su poder y sabía que le convenía contar con él.

Oyó la vocecita de Saya.

—¿Cómo te llamas?

La sacerdotisa tardó un momento en contestar.

—Ahora mismo tengo un nombre que sólo conoce el Dios del Silencio. No puedo revelarlo. El que me dio mi madre lo perdí al entrar en el Templo.

—Es un dios muy raro —comentó Saya. Trevia oyó reír a la sacerdotisa por primera vez.

—Lo es. Es muy peculiar —admitió.

—¿Ahora vas a venir con nosotros? ¿No vas a volver allí? ¿Te aburrías?

—No voy a volver —contestó, categórica—. Tengo que hacer algo en la Ciudad Sagrada. Podría acompañaros hasta allí.

La Ciudad Sagrada era el corazón de Veria. A pesar de que habían conocido a la Enéada tras haber sido conquistados por los Lardarios, se habían adaptado muy rápido a su nueva religión, ya que temían al perverso Kardärago, en quien reconocieron a Urboja, y adoraban esperanzados a Evo el Sabio y su esposa Kay, asimilados para ellos en el Dios Vidente y la Diosa Vehemente, y a su triste hijo Sasao, identificado con el Dios del Silencio.

Habían construido Templos y Casas, y en su alborozo habían prosperado durante mil años, superando con éxito las guerras internas y las crisis a las que se habían visto expuestos al formar parte del Imperio Lardario. Irurcio el Vago había reclamado Veria para sí a su padre, unos cien años después de que Oborno el Pío estableciera las sólidas relaciones comerciales con el Thrais. Aunque hubiesen dejado de depender políticamente de Larda, se habían quedado sus dioses, sus carreteras, sus acueductos y la mayoría de sus leyes.

Muchos lardarios seguían peregrinando a la Ciudad Sagrada en busca de las visiones más precisas del Dios Vidente o de los míticos bosques índigo del Dios Azul. La mayor de las fuentes de la Diosa Vehemente estaba también allí, y los más hermosos bailes consagrados a la Diosa Danzante podían verse en su Casa.

En la Ciudad Sagrada estaba el único templo en memoria de Ella. Lo llamaban el Mausoleo y se decía que las piedras blancas que lo conformaban habían sido parte de sus huesos. Allí se dirigieron primero, mientras pasaban por los animados puestos de comida que se extendían en la plaza que había ante él. En ellos, Saya descubrió los pinchos típicos de cangrejo de río, para su éxtasis y deleite.

Interrogaron a una abotargada ancianita envuelta en seda verde sobre el Dios Hambriento, pero no pudo darles ninguna información. El contenido del Mausoleo había ardido en el Incendio Fabuloso acaecido el siglo anterior, así que no tenían nada. Sin embargo, les recomendó acudir al Gran Templo del Dios Vidente. Allí sabrían cosas.

—Pero mejor no entres en él con eso —dijo señalando el laúd del bardo, con la voz llena de pena—. El Pontífice... Bueno. Esconde eso y ya está.

Mientras se marchaban, la sacerdotisa pidió que la esperasen un momento fuera. Hicsos protestó y Saya pidió otro pincho de cangrejo para aliviar la espera. Trevia, tras entregarle a la niña una moneda para que se comprase todos los que quisiera, comentó con el bardo lo extraño de la recomendación de la anciana.

—Los seguidores del Dios Azul siempre han sido bien recibidos en la Ciudad Sagrada —comentó la mercenaria—. Es extraño. Esto no es el Thrais.

El bardo la miró con expresión sombría.

—La urdimbre de La Tejedora es extensa —dijo, con voz lúgubre—. Si ha llegado hasta aquí...

—Buscaremos una posada para que puedas dejar eso —decidió el Paladín—. Después podemos ir al Templo.

—Yo conozco una posada —dijo Hicsos, animado—. Sus chicas...

—No —protestó Trevia.

Discutieron un poco, más por mantener una conversación que por verdadero conflicto, hasta que Saya volvió con cuatro pinchos de cangrejo y uno de trucha, masticando a dos carrillos. Se estaba comiendo el último cuando la sacerdotisa salió del templo.

Les costó reconocerla. Ya no llevaba la túnica negra ni las sandalias, sino una camisa verde de aspecto cómodo, unos pantalones de cuero blando y unas botas, excelentes para viajar. También le habían dado un cinturón y una mochila remendada.

—Ya está —anunció, con la voz temblorosa.

El bardo le apretó el hombro afectuosamente y Saya le ofreció el medio pincho de cangrejo que le quedaba. Ella lo rechazó educadamente y comentó que la anciana le había recomendado una posada, un par de calles más allá.

Saya se había quedado con la antes sacerdotisa en la calle, mientras su madre y sus compañeros negociaban el precio de las habitaciones en la posada.

—Ya estamos en la Ciudad Sagrada —comentó la niña—. ¿Seguirás con nosotros?

La chica, que había estado mirando a la nada, se encogió de hombros.

—No lo sé. No tengo a dónde ir. Tengo que encontrar una forma de volver al Thrais, con mi familia. Hay grupos de peregrinos que marchan cada luna. Mientras tanto, puedo quedarme con los Danzantes.

—¿Te has quedado sin poderes al entregar la túnica?

La chica soltó una risilla.

—No lo sé —admitió—. Quien asegura saber exactamente cómo funciona la Enéada miente o se equivoca.

—De eso nada —intervino el bardo, saliendo de la posada—. Vendrás con nosotros. Tu piedad es necesaria.

La chica se irguió.

—¿Vas a obligarme a participar en semejante misión? —preguntó, sorprendida.

Saya no supo interpretar la expresión del bardo. Le gustaba descubrir nuevos estados de ánimo en los adultos y deducir de dónde venían y por qué se producían, así que sonrió y escuchó.

—No es eso —dijo, azorado—. Yo... Pensé que querías venir.

—No quiero estorbar —musitó a ella.

—¿La has convencido? —bramó el Paladín, saliendo también, con una sonrisa protocolaria que Saya estuvo feliz de identificar. La chica los miró alternativamente, inexpresiva.

—Me llevaréis al Thrais al acabar todo —exigió—. No mataré inocentes ni mentiré.

—Es un buen trato —asintió el Paladín.

—¿Para qué me necesitáis? —preguntó.

—Por ahora, para que vengas al Templo del Dios Vidente y le hables a los sacerdotes en su idioma —dijo el Paladín—. Necesitamos saber algunas cosas, y vosotros los consagrados os entendéis bien entre vosotros.

La muchacha lo miró con estupor y después se echó a reír. Primero fue una risita leve, y después una verdadera carcajada que le encendió las mejillas y le hizo doblarse por la mitad.

—Si crees que los consagrados nos entendemos bien, es que no sabes nada de los píos —dijo, cuando pudo hablar—. Sí, creo que me necesitáis. Vayamos al templo. Intentaré que no os timen de ninguna forma.

Dentro de la mismísima Ciudad Sagrada, el Templo no podía ser otro que el del Dios Vidente. Allí residía, además, el cargo que podía considerarse como más poderoso dentro de los seguidores de la Enéada: el Pontífice. En Veria siempre se habían tomado la religión muy en serio y, aunque en Larda fuese cosa poco determinante en la política y en el Thrais la llevasen a su modo, ignorando bastante los cargos y las directrices, allí estaba todo estipulado. Las reglas eran rígidas y estrictas, y los protocolos debían seguirse hasta en el más mínimo detalle.

El Templo era de planta octogonal y se hallaba al final de una enorme avenida empedrada. A la derecha se levantaba la Casa de la Diosa Danzante y a la izquierda el templo del Dios Vengador, junto a otro de la Diosa Vehemente. Todos estaban hechos de mármol de varios colores y el del Dios Vengador tenía en su fachada estatuas de bronce que representaban guerreros y ba-tallas fabulosas. Había muchos tenderetes en las aceras que vendían amuletos de varios tipos, cantimploras con agua de la Diosa Vehemente y, por supuesto, infinidad de comida.

Mientras Saya daba buena cuenta de otro pincho de cangrejo, el grupo se dirigió sin prisa hacia el Templo. El Paladín sonreía satisfecho ante los comentarios de los viandantes sobre su armadura e Hicsos dejaba caer algún que otro piropo hacia las mozas, a su juicio, de buen ver. Trevia caminaba junto a la que había sido sacerdotisa, escuchando sus explicaciones sobre algunos de los templos, inesperadamente útiles. La joven parecía cómoda y consiguió gratis un par de cantimploras con agua de la Diosa Vehemente tras conversar con uno de los vendedores, pero no parecía contenta cuando se dirigió a Trevia después en voz baja.

—La Casa está cerrada y no hay ritmo que se perciba —dijo, en un tono ansioso—. No me gusta.

El bardo, que revoloteaba cerca, asintió también.

—En el Mausoleo me han advertido —comentó—. Me han recomendado esconder el laúd.

—Esto es muy raro —convino Trevia, cerrando la mano alrededor de la empuñadura de la espada—. ¿Crees que sacaremos algo en claro yendo al Templo? —preguntó a la joven.

—Yo necesito mi nombre —gruñó ella—. Y todos necesitamos información. Si no puede dárnosla el Dios Vidente, tenemos un problema.

Cuando cruzaron las puertas, varios monjes se volvieron, curiosos. El aspecto de Hicsos no era habitual en la Ciudad Sagrada, como tampoco lo era ver un grupo heterogéneo como aquel entrando allí. Trevia se preguntó qué estaría deduciendo ahora mismo esa caterva de viejos expertos en leer sonrisas y parpadeos. ¿Quiénes podrían ser los mercenarios y quiénes los protegidos?

—¿Todos los Templos son así de aburridos? —preguntó Saya en lo que pretendía fuese un susurro, pero que reverberó en todo el interior—. Las Casas son más divertidas —añadió, más bajo.

Trevia le acarició la cabecita. Un monje envuelto en terciopelo se les había acercado desde las sombras, haciendo crujir su hábito.

—¿Es acaso aburrido conocer los grandes secretos del mundo? —dijo, arrastrando las sílabas y girando la cabeza hacia Saya—. Aquí lo sabemos todo —añadió.

—Sabréis entonces qué ha pasado con la Casa —intervino el bardo.

El monje se encogió de hombros.

—Un día ya no estaban —contestó, simplemente—. Soy el Pontífice de Veria. ¿Puedo ayudaros?

—Eso es inverosímil —masculló el Paladín—. ¿Por qué se habrían marchado?

—¿Por qué el Dios Azul ya no es bienvenido? —preguntó Saya también, ansiosa de información.

El Pontífice la miró, girando otra vez la cabeza como un ave despeluchada.

—Las respuestas exigen ofrendas —graznó el pontífice, con una sonrisa siniestra—. Hasta los atrasados campesinos del Thrais saben eso —añadió.

De un gesto brusco, Trevia desprendió de su cinturón el saquito de incienso rojo que había traído consigo desde Garna.

—Esto nos da derecho a todas las respuestas que necesitemos —aseveró, plantándolo en la mano del hombre—. ¿Estáis renegando del Dios Azul en la Ciudad Sagrada?

El Pontífice miró la ofrenda, hizo un ruidito seco y luego levantó unos ojos vacilantes.

—Es lo mejor —dijo, tras unos segundos—. Lo más sensato. Es...

La otrora sacerdotisa se adelantó.

Con los pantalones de cuero blando y la camisa no parecía muy amenazante, ni imponía tanto respeto como los monjes envueltos en terciopelo. Empujó a Saya sutilmente hacia un lado y le cruzó la cara al Pontífice, con la mano abierta, de un golpe seco. El hombre retrocedió un paso con un gemido.

—Jura por la Diosa Vehemente si te atreves —masculló—. Hasta los atrasados campesinos del Thrais sabemos lo que ocurre si mientes en su nombre. ¿Dónde están los danzantes?

El Pontífice se había quedado lívido y algunos monjes murmuraban azorados.

Otros, sin embargo, parecían disfrutar con el espectáculo.

—Cobijaron a los llamados por el Dios Azul —dijo, al cabo de unos instantes, con un evidente temblor en la voz.

—Estás bajo las órdenes de la Tejedora —acusó ella.

—Veria es libre —protestó el anciano—. Seguimos a la Enéada. Nuestros templos...

—Jura bajo la mirada de la Diosa Vehemente —exigió la chica.

La nuez del hombre se movió al tragar saliva.

—Juro bajo la mirada de la Diosa Vehemente que seguimos a la Enéada...

—¿Y a Urboja?

Volvió a tragar saliva.

—Juro que abominamos las prácticas del Dios Hambriento...

La antigua sacerdotisa desenganchó una pequeña cantimplora de su cinturón.

—Bebe.

El pánico absoluto se adueñó de los ojos saltones del Pontífice.

—¿Es agua de sus fuentes?

La chica asintió. Mientras el enjuto anciano cogía la cantimplora en sus manos trémulas, algunos monjes retrocedieron. Él bebió.

Empezó a llorar sangre de inmediato. Hubo gritos en el Templo, llamando a los acólitos. Aquella que había vestido la túnica negra del Dios del Silencio se dio media vuelta y salió a grandes zancadas, sin volverse a contemplar al perjuro agonizante. Intuyendo a dónde iba, Trevia no la siguió. Recuperar un nombre no era fácil, pero si había algún lugar donde era factible, era en la Ciudad Sagrada, y las pruebas a las que habría de enfrentarse tenía que superarlas sola.

—¿Qué va a pasar con el sacerdote?

—Ya no le puede pasar nada —gruñó Hicsos—. Está tieso como la mojama.

—Ya lo sé —replicó Saya—. Quiero decir ahora que está muerto. ¿Qué pasa con uno cuando se muere?

Se hizo un incómodo silencio.

—Tu alma sigue los pasos del Dios Etéreo hasta llegar a lo que hay más allá de la bóveda celeste —recitó el Paladín de memoria—. Nadie sabe qué aguarda en el mar de la Diosa Velada.

—¿Es algo bueno? —preguntó Saya.

—Tiene que ser bueno —respondió el Paladín.

Saya calló. La comida de la posada estaba buena y entre los manjares que le habían servido había pinchos de cangrejo, así que se entretuvo masticando mientras su madre y Adervus decidían qué provisiones y en qué cantidad habría que comprar para continuar el viaje.

Saya masticó.

—Pues eso no es justo —replicó al cabo de un rato de silente reflexión.

—¿Por qué? —preguntó el Paladín, sorprendido por el repentino ataque a su religión.

—Porque entonces puedes hacer muchas cosas malas y quedarte sin castigo. Con morirte ya está. Y acabas en el mismo sitio que la gente buena. O que la gente que mataste —gruñó—. No quiero encontrarme con Adoradores cuando me muera, así que no me pienso morir nunca.

Trevia le acarició la cabeza, riendo.

—Me parece estupendo.

—Pero no te acordarás de que eres tú —replicó el Paladín—. Eso no importará.

—Entonces no es bueno, ni justo —volvió a protestar Saya.

El Paladín intentó decir algo, con la barbilla temblando. La aparición de la sacerdotisa lo salvó de enfrentarse con el pensamiento lateral.

—Los dioses no son buenos, ni justos —dijo, con una mirada pétrea, sentándose junto a Trevia—. Recuérdalo. No has de buscar la justicia en los dioses, porque no es su propósito.

—¿Y cuál es su propósito? —preguntó Saya.

—¿Cuál es tu propósito? —inquirió la joven a su vez.

—¡Comerse todos los cangrejos de la Ciudad Sagrada! —exclamó Hicsos, riendo y haciendo reír a la niña también.

—Exacto. Los cangrejos irían a tu casa si tuvieran razonamiento para evitar que siguieras comiéndote a sus hijos, como vamos a hacer con Urboja —aseveró, bajando la voz—. Es nuestro propósito. Defendemos nuestra existencia.

—No nos puedes comparar con cangrejos —replicó el Paladín—. Los cangrejos no piensan, ni aman, ni entienden de piedad. Son como piedras que respiran. Los crímenes de Urboja y de cualquier otro asesino son punibles porque atentan contra quienes tenemos consciencia de nosotros.

La que había sido sacerdotisa sonrió enigmáticamente.

—¿Quieres hablar de consciencia, Paladín de Garna, Abanderado del Dios Vengador? —replicó, con voz peligrosamente dulce—. Piensa primero en la invasión del Thrais. Las tejedoras que se ajusticiaron antes de que se las reconociera como amparadas por la Diosa Velada tenían mucha consciencia de sí mismas, probablemente más que los soldados que las asesinaron. ¿Reconoces que fue un crimen?

El Paladín palideció. Trevia, en previsión de una discusión interminable para la que no tenían tiempo, intervino.

—El bien y el mal aguardan en el discernir de cada cual —dijo, dando por zanjado el tema y confundiendo a Saya todavía más—. ¿Lo has conseguido? —añadió, mirando a la joven.

—Sí —dijo, con un hilo de voz—. Me llamo Vei.

La Diosa Vibrante interviene en todo aquello que necesita de un impulso. Antes de iniciar cualquier negocio o empresa, debe ofrecérsele una gota de sangre propia, para que ella la reconozca y haga vibrar el resto, imprimiéndole la fuerza necesaria para acometer cualquier iniciativa. La Diosa Vibrante canta sin palabras y es quien hace temblar la tierra. Se envuelve en un largo manto invisible y pasea entre los mortales atendiendo sus deberes; los escalofríos se provocan cuando los bordes de su vestidura rozan la piel de la persona. Es común sonreír entonces y llevarse dos dedos a la frente en señal de respeto, porque significa que ella está por ahí.

No tiene Templos, ni Casas, ni nada que se le parezca.

El Dios Etéreo sirve de guía a las almas de los que fallecen sin poder prepararse. Aquellos sorprendidos por un rayo, por un ahogo repentino o mientras duermen, sin previo aviso, pueden no saber que han muerto, pero se sabe que el Dios Etéreo deja una estela en el cielo que sólo puede ser vista por aquellos que han perdido la vida.

Se honra al Dios Etéreo en las noches sin luna, cuando sólo las estrellas brillan en el cielo.

El Dios Vengador protege a todos los soldados y mercenarios que se encomiendan a él. Ampara su muerte en combate y se asegura de que miren al cielo para que *puedan seguir el camino del Dios Etéreo. Los forjadores de armas lo honran con la plegaria «Sed de justicia, nunca de sangre» cuando dan forma a las espadas, las lanzas y las flechas. Es considerado un dios belicoso e impredecible.*

De la sangre que Ella había derramado nacieron el resto de los dioses: la Tríada de Larda, la Horda Breve, los Dioses Sombríos de Abur. Todo lo que existe tuvo su origen en Ella y de Ella viene. No todo es bueno ni durará para siempre. Su Voluntad es sólo conocida por el Dios Vidente, y transmite sus órdenes al resto de la Enéada, y no han sido pocas las veces que los Dioses se han rebelado contra su autoridad, puesto que no pueden saber qué ordena el Dios Vidente para su propio beneficio y qué ordena siguiendo Su Voluntad. Sin embargo, la Enéada es unánime en su rechazo al Hambre de Urboja y a sus terribles prácticas.

III. Ärbada

La noticia del Pontífice Perjuro había corrido como la pólvora por la Ciudad Sagrada. Los Danzantes que se habían escondido en el Mausoleo o incluso en las cloacas habían emergido para reclamar su Casa. Todos los monjes del Dios Vidente estaban siendo obligados a pasar por la fuente de la Diosa Vehemente y varios de ellos corrían la misma suerte del que había sido su líder.

La noche en la Ciudad había sido agitada y ruidosa y no habían podido dormir bien. El bebé se asustaba con los gritos y había estado llorando y gimoteando la mayor parte del tiempo. El único que parecía no haber acusado los ruidos había sido Hicsos, capaz de crear una base rítmica tan variada con sus ronquidos que el bardo habría podido componer un drama de dos actos sobre ellos.

Para no tener ni el amanecer en paz, una de las Hermanas de más alto rango había preguntado por ellos en la posada. Cuando Trevia acudió a su encuentro, molesta por la falta de sueño y por dejar al niño que por fin se había dormido, encontró una mujer madura con una túnica blanca y un buen toisón de oro.

—¿Eres tú? —espetó, mirándola de arriba abajo—. Esperaba un hombre.

Trevia bufó.

—¿A quién esperabas?

El supuesto respeto que se debe mostrar a las Hermanas no casaba con Trevia. Había visto el poder de la Enéada, pero sus ministros y consagrados eran tan humanos como ella, o como los Adoradores.

—Al Valiente —respondió la Hermana sin titubear—. Pero veo que aún no ha llegado el momento.

Parecía decepcionada y enfadada. Trevia sintió que empezaba a divertirse.

—La pena del ultraje me agujerea las muelas —dijo la mercenaria, sonriente—. ¿Puedo ayudarte en algo, de todas maneras?

No pudo evitar reír. La Hermana hizo un rictus de disgusto.

—Quizá. Dicen que no ibas sola.

Sus preguntas habrían alertado a los monjes. Los servidores del Dios Vidente parecían tener un problema tremendo para guardar secretos. Trevia sintió las manitas de Saya aferrarse a sus piernas, tras ella.

—Mi hermano tiene hambre —dijo, somnolienta—. Hicsos lo ha cogido y ha intentado alimentarse de él —añadió con una risita.

Trevia sabía que eso iba a pasar. La mirada de la Hermana se había iluminado.

—Hola, pequeño —saludó—. ¿Cómo te llamas?

Saya se soltó de las piernas de su madre y asomó la cabeza para mirar directamente a la mujer.

—Podría llamarme Adervus para complacer a su error, señora —dijo, con su mezcla única de inocencia y dignidad—. Pero me han enseñado a no mentir, así que debo comunicaros que me llamo Saya, aunque eso evidencie vuestra equivocación.

La Hermana palideció. Trevia sonrió y se sacó una moneda del bolsillo.

—Cómprate el desayuno —dijo, entregándosela a la niña, que salió de una carrera tras un gritito de alborozo.

—¿Está enferma? ¿Qué le ha pasado en la cabeza? —preguntó la Hermana, levemente horrorizada.

—No es de tu incumbencia —protestó ella. El llanto del bebé empezó a subir de tono.

—Trevia.

La mujer se volvió para encontrarse con el Paladín, que sujetaba al pequeño bajo las axilas, con una expresión de desconcierto mayúsculo.

—Trae —pidió ella, cogiendo al niño en brazos, divertida por la situación—. Tiene hambre. Creo que podéis hablar mejor entre vosotros —añadió—. Paladín, una Hermana Vidente. Hermana Vidente, mi Paladín. No creo que sea vuestro Valiente, pero yo tengo un bebé que alimentar y no estoy para tonterías.

—Cree que fracasaremos. La profecía es clara y habla de un héroe y una espada. De sangre real —añadió, apesadumbrado.

—Llevan siglos buscando su Valiente —bufó Vei, que intentaba peinarse—. Sólo por la gloria de descubrirlo lo fabricarían.

—Insisten en que es imposible matar a Urboja si no es siguiendo la profecía —siguió el Paladín. La conversación con la Hermana lo había confundido aún más de lo que ya estaba.

Trevia sonreía con suficiencia. Se sabía la profecía palabra por palabra, ya que él había creído ser el Valiente. Ser uno de los bastardos del Príncipe Vastros y haberse quemado un brazo era suficiente para él. No había conseguido matar a Urboja, pero sí robar una parte sustanciosa de su tesoro, o al menos del que habían podido encontrar.

Sólo había podido disfrutar de la gloria un par de horas, antes de que las lanzas de los Adoradores le atravesasen las entrañas.

Ella sabía demasiadas cosas para dormir bien por la noche, pero de alguna forma lo conseguía. Lo había visto. Le había sacado al Sumo Adorador toda la información que había podido hasta que se ahogó en su propia sangre. Ellos temían a la profecía y Urboja debía de tener sus recelos también, puesto que parecía especialmente complacido cuando le ofrecían jóvenes príncipes.

Trevia había leído el Códice. Por alguna razón, le parecía más fiable que la Profecía, aunque no tuviera una horda de consagrados detrás dedicados a interpretar cada fonema.

—No se sabe cuánto muestra y cuánto oculta el Dios Vidente —intervino el bardo con voz calmada—. Las metáforas de la profecía podrían hablar a un nivel más allá de las deducciones de monjes y hermanas. ¿Dices entender perfectamente lo que la Profecía quiere significar, Paladín?

El interpelado negó con la cabeza y suspiró.

—Si empezamos a cuestionarnos todo, se desmorona lo conocido —dijo—. Debemos aferrarnos a la fe, o nunca sabremos si los pasos que damos son correctos.

Vei se echó a reír como si el Paladín hubiera contado el chiste más gracioso de la historia. Al bebé, que tenía en brazos, debió de llamarle la atención positivamente su carcajada ya que empezó a amagar una risa agitando los brazos.

—¿Quieres que te lo den todo pensado? —gruñó Hicsos—. Así os va.

—¿Qué me intentas decir? —preguntó el Paladín, ofendido.

—Que la responsabilidad de tus pasos debería ser tuya —contestó el bardo, quien sonreía también—. No de los consagrados o sus directrices. Ya has visto lo que ha pasado con el Pontífice. Los que no cuestionaron sus órdenes son cómplices de su crimen, aunque en su fuero interno piensen que sólo estaban obedeciendo. Es muy cómodo. Es tentador.

—Y pernicioso —añadió Vei, haciendo carantoñas al bebé.

—¿Qué fue lo que preguntaste a los monjes, Trevia? —intervino Adervus, que permanecía con los brazos cruzados sobre el catre.

La mujer sonrió con suficiencia.

—Hay otros textos además de la profecía —reveló, descolocando definitivamente al Paladín—. Sé dónde está uno de ellos, pero no sabía exactamente dónde colocar ese «dónde» en el mapa.

—¿Qué «dónde»? —inquirió el bardo.

—El Templo Umbrío —respondió Adervus, como si lo comprendiera todo de repente.

—Exacto —dijo Trevia—. Allí tienen información útil. Y espero que nos la proporcionen porque si no este viaje habrá sido completamente absurdo.

—Vas a arrastrarnos hacia una muerte segura —masculló el Paladín.

—Sigo órdenes de tu Lord —espetó Trevia, harta de sus quejas—. ¿Cómo se te queda el cuerpo?

Dos días después, amanecieron en la linde del camino en dirección a Irunda. Las posadas hacia el sur eran más escasas y estaban más separadas, así que dormir al raso se iba a convertir en algo más habitual a partir de entonces. Aquello planteaba bastantes inconvenientes logísticos que Trevia sabía que iban a acabar haciendo mella en su humor.

Apenas llevaban despiertos unos instantes cuando el bardo informó a Trevia de que necesitaba hacerse con utillaje especial para sus instrumentos.

—Podrías haberlo comprado en la Ciudad Sagrada —gruñó Trevia, que no tenía muy buen despertar, sobre todo después de la noche que le había dado el bebé, espabilado hasta bien entrada la madrugada.

—En la Ciudad Sagrada no tienen lo que yo necesito —replicó el bardo—. Necesito algo que sólo podrían proporcionarme en el Thrais.

—Creía que tu culo peligraba en el Thrais —dijo Trevia—. No podemos desviarnos hasta allí, ni arriesgarnos a algún encontronazo con tu amiga la Tejedora.

—No hace falta ir al Thrais —objetó el bardo—. No fui el único que se marchó de allí. Muchos se quedaron en Ärbada o Irunda. Nos pillan de camino.

—¿Entonces a qué viene molestarme tan pronto? Puedes ir a buscar tus cosas mientras nosotros nos encargamos de las provisiones.

—No van a ser baratas.

Trevia entendió de pronto lo que intentaba decirle el bardo.

—¿Quieres que te pague tus suministros?

—¿Quieres matar a Urboja?

La mercenaria resopló.

—Lo veremos sobre la marcha —protestó bufando—. Depende de lo que estemos buscando.

Llegaron aquella noche a Irunda. Vei consiguió que les permitiesen dormir gratis en el templo de la Diosa Danzante y compraron flechas y cuerdas nuevas para el arco de Adervus. Saya probó los pasteles de nabo y pollo, especialidad local, y declaró que en la Ciudad Sagrada se comía mejor. El bardo se marchó solo y volvió a medianoche algo contrariado, manifestando que no había encontrado ningún artesano decente y murmurando sobre la incompetencia ajena. Trevia apenas pegó ojo porque el bebé tenía cólicos y estuvo intentando consolarlo durante horas en la segunda planta del templo, donde sus llantos no molestarían al resto de la compañía.

Por la mañana partieron hacia Ärbada, aprovechando el camino empedrado, e Hicsos cantó a Saya varias canciones de gusto dudoso, pero Trevia estaba demasiado cansada para protestar. Vei y el bardo conversaban despreocupados en el dialecto del Thrais, lo que hacía que fuese difícil entenderlos, pero por sus risas no debía de ser nada trascendente. El Paladín seguía enfadado y Adervus, silencioso, continuaba cerrando la marcha como una sombra. Trevia a veces olvidaba que estaba ahí.

Tras un día monótono en el que sólo se cruzaron con unos peregrinos desharrapados, Trevia propuso acampar a un lado del camino, en un recodo resguardado. Estaba tan cansada que se quedó dormida apenas se acurrucó en el suelo, con el bebé a un lado y Saya al otro, así que no vio a la antigua sacerdotisa levantarse en mitad de la noche y caminar hacia los árboles.

Vei se adentró en la espesura. Le gustaban los árboles, la hacían sentir segura. La oscuridad de la noche no era tal y el resplandor de las estrellas, junto con la luz de la luna, era suficiente para ella. Las bestias salvajes y los Adoradores no le preocupaban.

Caminó con cuidado, evitando piedras y raíces, canturreando en voz baja. Su primera intención había sido buscar un lugar donde contemplar su preciada bóveda celeste, pero sus pasos la estaban llevando más y más hacia el interior del bosque. Sabía que se dirigía hacia algo, pero no podía decir el qué. Sólo seguía aquello que la estaba llamando.

De repente se encontró una pared de piedra de la altura de dos hombres, cubierta parcialmente por enredaderas. La contempló unos instantes ladeando la cabeza y después empezó a subir. No era tan complicado. Cuando alcanzó la cima, comprobó que se encontraba en una pequeña planicie y que en ella crecían enormes manojos de las flores índigo que sólo podían ser del Dios Azul.

Sus pétalos vibraban. De repente, supo que había llegado hasta allí siguiendo su sonido, su... su melodía. Cada flor vibraba a una frecuencia diferente y cambiante, creando una música inusitada en un volumen quedo, como un susurro. Vei caminó hasta colocarse en el centro de las flores, acomodando los pasos a su ritmo. Se sentó y, en voz muy baja y sin palabras, comenzó a cantar.

Ärbada era, en una palabra, fea. Los edificios, de piedra y madera, se apiñaban de cualquier forma sobre un risco sin orden ni concierto y no parecían al tanto de que existía la posibilidad de empedrar las calles para evitar acabar con el barro hasta las rodillas. No había templos en Ärbada, así que tuvieron que conformarse con una posada.

El Paladín insistió en acompañar al bardo a buscar sus «suministros». No quería encontrarse de nuevo frito a preguntas por la niña.

—¿Qué buscamos? —preguntó al bardo después de que pidiese indicaciones por la ubicación de los talleres de artesanos del Thrais.

—Buscamos cuerdas entorchadas en plata, en principio —respondió el bardo con educación—. Necesito un sonido limpio.

Para tranquilidad del Paladín, apenas hablaron mientras buscaban al maestro adecuado. Encontraron un par de orfebres, y el segundo los emplazó en una casucha de la que salía un humo espeso por la chimenea, asegurando que si necesitaban cuerdas de laúd ese era su hombre.

Al entrar, el Paladín se halló en el familiar escenario de una herrería. Un hombre de anchas espaldas martilleaba al fondo y una mujer salió de la nada para saludarlos. El bardo habló con ella en el dialecto del Thrais, lo que le sacó una sonrisa, y gritó al hombre sobre el sonido de los martillazos.

—¡*Zarposejo! ¡Habemos genbién!*

El herrero se detuvo y se volvió. Soltó sus aperos y se acercó, sonriente.

—¿*Cordaje hurgas?* —preguntó, visiblemente entusiasmado. Tenía las facciones duras y las cejas pobladas del Thrais.

—*Cortesía, qu'es foróniu* —pidió el bardo, señalando al Paladín con el pulgar.

—Claro, sí —convino el herrero, saludando con la mano—. ¿Laúd?

—Laúd —contestó el bardo, descolgándose el estuche que traía al hombro—. Cordaje de Vora, necesito. De torcha doble.

—Sí que tengo cordaje de Vora —admitió el herrero, bajando un poco la voz—. Pero eso es para *forónius*, sin ofender, señor —añadió volviéndose hacia el Paladín—. Para *Índigus*... tengo otro cordaje.

—¿Qué cordaje? —inquirió el bardo, con la esperanza pintada en la voz.

—Ignitum —contestó el herrero, en voz más baja—. Me vine con dos sacos cuando *l'urdimbre* empezó a pretar. Ella... Bueno, sabéis.

El bardo asintió.

—¿Ignitum? —preguntó el Paladín, incrédulo.

—El mejor cordaje que podrás encontrar —insistió el herrero—. Las he forjado en luna llena, cuando Vora mira. No las encontrarás mejores. La Tejedora espantó a todos los que conocían la técnica. En el Thrais me cubrirían de oro por una sola.

—Es un supersticioso —recriminó su esposa, con una pequeña sonrisa.

El bardo asintió, otra vez.

—Ignitum —repitió—. No tengo mucho dinero. ¿Cómo podría pagártelas?

El artesano sonrió ampliamente.

—Afínalas bien en ese laúd tuyo y toca *Luces de Luna*. No *l'aoigo* desde que la Tejedora llegó al trono. Nadie la ha tocado con mis cuerdas de Ignitum... Quién sabe, quizá la *mismíhma* Diosa Danzante venga a bailar con nosotros.

Al Paladín de Garna le gustaba hacer las cosas bien. Le gustaban las normas y el orden establecido porque le proporcionaban un marco de maravillosa seguridad en el que no cabían dudas sobre qué estaba bien y qué estaba mal. Le gustaba creer en la sabiduría e infalibilidad de los jueces, en lo fiable de los designios de los Monjes del Dios Vidente y en la maldad inherente del Dios Hambriento. Su entrenamiento no había sido pródigo en creatividad u opciones a la hora de forjarse una opinión, así que las preguntas de Saya lo ponían más que nervioso.

Aunque lo realmente preocupante era la forma en que Trevia alentaba a la criatura a la reflexión. ¿Cómo podía crecer aquella niña en medio de tantas opiniones contradictorias? La verdad necesita ser única para ser fiable y la mujer le daba siete verdades por cada pregunta que formulaba la niña. ¿Cómo podía saber aquella criatura qué estaba bien y qué estaba mal? ¿Cómo lo sabía la misma Trevia?

Las opiniones del bardo parecían ser contundentes e inamovibles, y sin embargo también parecía disfrutar de las discusiones y de los cambios de parecer. El Paladín no lo entendía. Se perdía en las argumentaciones y le desconcertaba el hecho de que a ninguno le preocupase excesivamente imponer su criterio a los otros.

Su único faro era que seguía órdenes del Lord. Aquella certeza calmaba su alma, ya que su sabiduría lo había llevado a elegir a Trevia como líder de la expedición, así que sus órdenes eran las del señor de Garna. Sin embargo, dudaba. Y no le gustaba dudar.

El bardo había tocado *Luces de Luna* para el artesano y de vuelta en la posada había probado con algunas canciones más. Vei lo había acompañado en varias de ellas.

—¿De qué iba esa? —preguntó Saya al terminar la última, tras aplaudir.

—Trata de una anciana que busca el camino a las estrellas para reunirse con ellas —explicó Vei, con una media sonrisa—. Y de amor. Al final, toda la música trata de amor.

El bardó asintió. Saya entrecerró un ojo y se dispuso a pensar en lo que acababa de escuchar.

Desde Ärbada el camino era, en teoría, más peligroso. Trevia quería minimizar la exposición a las horas nocturnas, así que hizo que salieran al amanecer. Llevaban un par de horas de camino monótono cuando Saya, que viajaba con Vei, se volvió hacia ella e hizo una pregunta.

—Entonces... ¿Estabas enamorada de mi padre cuando me hiciste?

La pregunta pilló a Trevia tan desprevenida que se detuvo. Volvió la cabeza hacia la niña, que cabalgaba con Vei, y la encontró con los ojos muy abiertos y una expresión de profundo interés.

Retomó la marcha, mirando hacia el frente.

—Lo estaba. Pero él de mí no.

Adervus, que cerraba la comitiva, intentó reducir el paso por si escuchaba demasiado. Había estado allí cuando Saya había sido concebida. No exactamente «ahí», presenciando la escena, pero sí en aquel contexto, en aquellas noches lluviosas, aquella luna que pasaron atrapados en el Templo Velado.

—¿No hace falta que el padre y la madre estén enamorados para hacer un bebé? —inquirió Saya.

Trevia supo que la conversación iba a ser larga, difícil y no la iba a dejar dormir aquella noche. Saya iba a hacerle las preguntas que ella misma había evitado hacerse a lo largo de todos esos años, así que tendría que enfrentarse a aquello, tanto si quería como si no.

En un alarde de empatía e inferencia que tardaría en repetirse, Hicsos eructó en dirección al Paladín.

—Deberíamos adelantarnos —dijo después—. No me gusta como huele este camino.

—¿Qué te pasa? —increpó el Paladín—. No veo nada raro.

—Ven conmigo o te arrastro. —Se contuvo un segundo, pensando en la dulce Saya—. De los atributos —añadió.

El Paladín picó espuelas a regañadientes y, una vez que estuvieron lejos del alcance de sus voces, Trevia habló de nuevo.

—No es necesario el amor —dijo, con cautela, más por prevenir las propias lágrimas que por otra cosa—. Sólo el acto físico.

—Como hacen las cabras —infirió Saya.

Trevia asintió. Había tenido que explicárselo un par de veranos antes.

—Como las cabras —repitió Trevia, lúgubre.

Recordó su pelo rubio, todo enredado, cómo se le quedaron atrapados los dedos en aquella melena leonina. Cómo había bebido de aquellas palabras que parecían tan reales como su aliento entrecortado, tan tangibles como su espalda arqueada bajo sus manos crispadas en el éxtasis.

—Las cabras no piensan —replicó Saya de repente, sobresaltándola—. ¿Por qué lo hace la gente sin pensar?

—A veces hay amor por una parte, pero no por la otra —contestó.

—¿Y por qué quiere hacer algo como una cabra alguien? ¿Querer hacer un niño sin amor?

Trevia ahogó un sollozo en el más profundo de los silencios. Tuvo ganas de abofetearse. Su tía siempre le había dicho que no estaba bien dejar las cosas para el día siguiente, y ella llevaba tanto tiempo guardándose aquella batalla interna que no había podido crecer para ella. Seguía siendo una cría inocente en las lides de la emoción en ese punto. No quería que Saya la viese llorar, así que intentó respirar profundamente, consiguiendo únicamente producir una especie de sonido gorgoteante difícil de interpretar.

—Da placer —intervino entonces Vei, y Trevia se sintió infinitamente agradecida—. Es como comer dulces sin hambre. Seguro que has cogido alguna vez un caramelo de más sólo porque estaba rico, aunque no tuvieras hambre.

—Sí —admitió Saya, tras un instante de reflexión—. Pero no es lo mismo. Los caramelos no tienen consecuencias.

Trevia se debatía entre el llanto y el orgullo por haber conseguido criar a una niña tan sensata. Saya era, con diferencia, su mayor logro.

—Hay quien no piensa en las consecuencias —siguió Vei, con su voz dulce y tranquilizadora—. Hay quien ve a la gente como un caramelo. El mundo está lleno de personas egoístas que utilizan a los demás para sus propios fines, como puertas para llegar al placer o a la gloria, incluso interfiriendo en cosas tan profundas y preciosas como los sentimientos. Tendrás que tener cuidado con ellos.

—¿Cómo me daré cuenta? —preguntó Saya.

Trevia pudo oír el hondo suspiro de Vei.

—No sé qué contestarte, bichusa. No hay un modo seguro de saberlo. Si no estás segura, si no te fías del todo de alguien, hazte caso. No te hundas en el silencio.

Saya asintió con resolución.

—¿Te engañó, madre? ¿Mi padre te engañó o lo engañaste tú a él?

Trevia se volvió, asustada.

—¿Engañarlo? —preguntó.

—¿Querías un bebé sin más? ¿Sin amor? ¿Como una cabra?

Trevia se quedó helada. Le habría gustado saber qué le había llevado a deducir tal cosa, cuando el bardo habló:

—Tu madre ha dicho que estaba enamorada —dijo, simplemente.

Saya asintió.

—Es verdad —convino—. Entonces, fue él quien te engañó. ¿Te dijo que te quería?

—Sí —contestó Trevia—. Muchas veces. Le creí.

Saya hizo un ruidito extraño y calló durante un rato. Vei empezó a tararear algo indeterminado, lo cual hizo que el silencio fuese menos incómodo. Trevia empezaba a aposentar los pies en ese torrente de confusión cuya esclusa había abierto su hija con aquellas preguntas.

Había estado loca por él. Loca era la palabra; aunque hubiese utilizado «enamorada» para explicárselo a la niña, aquello no podía haberse llamado amor. Había habido demasiado dolor, demasiado daño implicado, demasiada autodestrucción inherente a esa especie de sentimiento que la carcomió durante años, hasta aquella luna. Estaba segura de que si ese imbécil tan egoísta que era incapaz de ver más allá de su propio ombligo hubiera podido atisbar lo que ella sentía antes, el desastre habría ocurrido antes también. No habría tardado ni medio instante en utilizarla para calentarle el lecho. Trevia siempre se había considerado dura de pelar, hasta que creyó sus palabras.

Adervus le había dicho después que había creído lo que quería creer. Si lo hubiera mirado desde fuera, probablemente habría visto las cosas con claridad: que estaban atrapados en el segundo piso de aquel templo contemplando la magnificencia de las inundaciones y que no había nada que hacer. Él no era del tipo capaz de elucubrar escuchando el susurro de la lluvia y necesitaba algo en que entretenerse. Que no iba a haber un «después» una vez saliesen de allí. Sólo había vuelto sus ojos hacia ella porque era lo único disponible para pasar el rato.

Lo único que la consolaba es que no había mendigado. Lo había entendido todo súbitamente, al día siguiente de su marcha del templo, tras haber recorrido penosamente un camino embarrado hasta la primera ciudad, en la cual se habían detenido a pernoctar. Lo había buscado al caer la noche, en la posada, para encontrarlo con una jovencita de moneda y goce. No le había hecho falta ninguna explicación y había pasado aquella noche sola con su frustración, su vergüenza y su preocupante falta de sangre. Había ido al amanecer a buscar un templo del dios Vidente y preguntar por una Hermana. Ella le había confirmado que incubaba un huevo tierno, de hembra. Le había informado de que podía deshacerse de él, pero no en su templo. Trevia se había negado.

Resuelta a no pensar más en lo que había pasado y cómo, había vuelto a la posada, había afilado su espada hasta que le dolieron los brazos y no había vuelto a cruzar una palabra con él hasta que lo vio morir atravesado por las lanzas de los Adoradores en la huida del cubil.

Con el vientre empezando a abultar, Trevia había regresado a Larda cargada con el oro y las piedras preciosas a exigir al Lord esa casa que le había prometido al volver con el tesoro de Urboja. El Lord le había ofrecido un par de mansiones y casi murió del alivio cuando ella pidió una pequeña granja a las afueras. Cuando tuvo todo aquello bien atado, pidió ayuda a las sacerdotisas de la Diosa Vehemente, que la cuidaron sin preguntar durante los meses siguientes y asistieron al parto de Saya. Aquella cosa rosa y abotargada que gritaba a pleno pulmón había sido toda su dedicación durante muchos años.

—¿Qué es el amor?

Había sido ella la que había preguntado. Trevia se dijo que seguramente habría estado rumiando mientras permanecía callada.

—Algo enorme y complicado —contestó Trevia.

Escuchó el hastío y la pena en su propia voz, y quizá fue eso lo que propició la siguiente pregunta.

—¿Vei? ¿Qué es el amor?

La antigua sacerdotisa sonrió.

—No puedo decirte qué es, porque apenas empiezo a atisbarlo —dijo, y sus ojos se movieron involuntariamente, lo cual preocupó y divirtió a Trevia al mismo tiempo—. Aunque puedo decirte lo que no es —añadió, con seriedad.

—¿Y qué no es? —preguntó Trevia.

Vei tardó un instante en contestar, durante el cual inspiró profundamente.

—El amor no es silencio —dijo, fríamente.

—Debería contestarte el poeta —decidió Trevia—. Alguien cuyo ser es crear maravilla, y no arrancar cabezas. Vamos, bardo. Cuéntanos qué es el amor.

El bardo fijó la mirada en el infinito.

—El amor verdadero es fácil. Es inmenso y claro. No suscita dudas ni temor. Es una fuerza imparable. Quizá la circunstancia no sea la propicia, quizá haya que luchar contra elementos externos, pero el amor verdadero en sí no tiene ninguna complicación. Es tan sencillo como respirar. Da la vida. Quien te diga que el amor es sacrificio, o quien te muestre un valle lleno de tinieblas y lo llame amor, miente. En el amor sólo hay luz. Quien te ofrece sombras no te ama.

Saya asintió.

Trevia se permitió suspirar hondamente, mientras Vei volvía a cantar la cancioncilla del Thrais. Se dejó mecer por la música, y de alguna forma superó la necesidad imperiosa que tenía de llorar, y fue providencial, porque una hora más tarde un grupo de Adoradores les salió al paso.

Eran al menos una veintena. Cinco de ellos eran Adoradores; el resto parecían ser Acólitos. Todos llevaban las túnicas negras de Urboja y las pesadas espadas de Kargen.

—Esto no va a ser nada bonito —advirtió Hicsos, desenvainando.

Trevia se alegró infinitamente de que Saya viajase con Vei. Acercó su caballo al de la joven y le pasó al bebé, ordenándole que galopase en dirección contraria. Nunca había visto tantos Acólitos juntos y no se había esperado encontrarlos en tal cantidad jamás. Por lo que recordaba, los Adoradores eran más peligrosos. Gracias a la Enéada no parecía que ninguno de ellos fuese un Implorante.

Vei se dirigió hacia el bardo en el dialecto del Thrais mientras daba la vuelta a su montura y él le respondió. Instantes después, la chica había desaparecido entre la espesura y Trevia comprobaba con pesar que, como había supuesto, los Adoradores se dirigían hacia ellos. No tenían montura, lo cual les daba una cierta ventaja.

El Paladín gritó al bardo que huyese también. El bardo no le respondió y mantuvo su posición sobre el caballo. Adervus soltó las dos primeras flechas, que acabaron en el pecho de dos Acólitos, y el Paladín cargó sin encomendarse a nadie, arrancando un aullido de protesta a Trevia.

Acabó con un Adorador y dos Acólitos antes de que su caballo se derrumbase, echando espumarajos por la boca. Trevia reconoció la cadencia descoordinada y cortante de los hechizos del Dios Hambriento y maldijo otra vez. Hicsos cargó, intentando quitarle al Paladín al enemigo de encima, y partió unas cuantas cabezas entre aullidos.

—¡Vuelve atrás! —ordenó Trevia. Vio al Paladín levantarse trabajosamente y emprenderla a puñetazos con un Acólito, pues había perdido la espada. Trevia, tras un suspiro, cargó también.

En el fragor de la batalla no pudo distinguir muy bien cuándo los Adoradores y sus Acólitos empezaron a retroceder. Lo que sí pudo percibir fue la vibración en el aire. Uno de los Adoradores gritó algo, y los Acólitos volvieron a atacar.

De repente, Trevia reparó en el bardo. Se había bajado del caballo y avanzaba resuelto hacia el conflicto. Empujó al Paladín y le gritó que se apartara, plantándose ante el Acólito. Esquivó una estocada con elegancia y alzó una mano. El tiempo se paró.

Árboles. Estaba convirtiendo a los Adoradores en Árboles. Sus brazos se paralizaban en ramas retorcidas, entre gritos y maldiciones. Algunos intentaron correr, sin éxito. El bardo, con el brazo levantado, no se movía.

Cuando el postrer grito del último Adorador se extinguió, acallado por la madera viviente en que se convertía, el bardo bajó la mano. Se dio la vuelta despacio, haciendo retroceder un par de pasos a Hicsos y al Paladín. Adervus tenía la boca abierta, en un gesto de sorpresa evidente.

—No sabía que pudieras hacer eso —musitó Trevia, entre maravillada y aturdida.

El bardo se encogió un poco de hombros, esbozando una media sonrisa.

—Es que soy Mago —reveló.

—Podías habernos avisado —recriminó Trevia.

Ya le había gritado al Paladín durante varios minutos, evidenciando su imprudencia, mientras Hicsos se dedicaba a talar los nuevos árboles a hachazo limpio entre risas histéricas.

Adervus había anunciado, lacónico, que retrocedería en su caballo para buscar a Vei y a los niños. Trevia lo había despachado con un gesto del brazo, y entonces había caído en que le quedaba alguien a quien dejar las cosas claras.

—Pediste un bardo —explicó él, calmado—. No estabas interesada en ninguna de mis otras habilidades. Si las he utilizado es porque vuestra vida corría peligro.

—¿Hay algo más que deba saber?

—Lo que probablemente ya sabes, que es raro que un grupo tan grande se pasee fuera de Kargen —contestó el bardo, tranquilo—. Haríamos bien en dejar el camino.

Trevia pateó una rama que Hicsos había desgajado. Estaba furiosa, pero no tenía muy claro con quién.

—Escúchame —ordenó—. Pareces muy sensato y lúcido, pero necesito saber las armas de las que dispongo y si me lo ocultas es posible que alguien perezca cuando podría evitarse. Me explicarás de dónde viene tu poder, hasta dónde llega y cómo piensas utilizarlo para que mis hijos sobrevivan hasta llegar a Kargen.

El bardo asintió. Adervus volvió con Vei y los niños a media explicación y Trevia se alegró de no saber más, arrepintiéndose de haber preguntado. Saya quiso saber qué había pasado y ella no supo qué contestarle, así que se limitó a hacer caso del consejo del bardo y dejar el camino para acampar en el bosque. Como había previsto, no pudo conciliar el sueño, así que vio levantarse a Vei y caminar hacia la espesura en mitad de la noche y, un rato después, al bardo también.

—Así que sólo empiezas a atisbarlo.

Vei se sobresaltó. Una de las pocas cosas que sentía que siempre le había pertenecido era la contemplación de las estrellas y le gustaba que siguiese siendo suya y sólo suya. No esperaba que nadie la hubiese seguido, interrumpiendo esos instantes íntimos que tenía que tomarse cada noche para asegurarse de no acabar enloqueciendo.

El bardo sonreía, sereno. Le intrigaban sobremanera las razones que podían haber llevado a una cosita dulce a enterrarse viva en las sombras de un templo silencioso, aunque creía tener una idea después de haber escuchado su sentencia, «el amor no es silencio». A pesar de la oscuridad, su turbación indicaba que se había puesto roja hasta la raíz del pelo.

Vei sonrió al ver que se trataba de él. De todos sus compañeros de viaje, era el único con quien estaba dispuesta a compartir las estrellas. Esa súbita revelación hizo subir un calor intenso por su pecho, hasta sus mejillas. Bendijo la oscuridad.

—Sí —murmuró, intentando mantener la compostura.

—¿Cómo era vivir en el Templo del Silencio? —preguntó el bardo. Quería comprender.

—Solitario —respondió ella, volviendo la vista a la bóveda celeste de nuevo. Así era más fácil. —Era... complicado. Había que estar muy pendiente de los fuegos, deducir los mensajes. Al principio, cuando me llamó... Su presencia en el Templo era sublime. Podías sentirlo. Después...

No sabía cómo seguir.

—¿Después?

Vei respiró.

—Hay algo de orgullo malsano en ello —dijo—. De todas las almas del mundo, te sabes única. La elegida por una entidad exigente y voluble. Es... Te sientes privilegiada. Algo mejor debe de haber en ti. Pero... Pasa pronto. Cuando dejas de ser sangre nueva. Eso... Eso no se te dice —comentó, riendo de lo absurdo que resultaba visto desde fuera—. Las llamas te enseñan el fabuloso poder de un dios y tú te pones la túnica negra para guardar su Templo. Y después... Apenas vuelve a él, casi ni lo roza. Y mientras... Estás sola. Está prohibido intentar llamarlo. Tiene consecuencias.

—¿Lo hiciste?

—Oh, sí. Varias veces —añadió con una risita amarga—. Conocía las reglas, pero ya te he dicho que te sientes... Especial. Pesaba que podía ser una excepción. Sin embargo, sufrí las consecuencias.

—¿Qué consecuencias?

—Si convocas su presencia, recibes más ausencia. Supongo que así puede trasladarte la responsabilidad de su desaire. De todas formas, es tuya, por esperar del Dios del Silencio que se manifieste —dijo, suspirando.

El bardo lo comprendió. Conocía la sensación de sentirse ignorado, la pérdida de una esperanza mantenida en que algo no fuese como en realidad era, y la soledad.

—¿Y antes? —inquirió.

—¿Cómo? —preguntó Vei, que se había perdido en recuerdos oscuros.

—Antes del Templo.

Vei titubeó.

—Antes del templo habité en el Thrais —dijo, y la voz le temblaba—. Fui una niña feliz. Después hubo cosas. Hubo dolor, sangre y abandono. Quizá por eso seguí los fuegos del Silencio —añadió, con tristeza infinita en la voz—. ¿Por qué te marchaste del Thrais? ¿Te opusiste a la Tejedora?

El bardo esperaba aquello. Si haces preguntas, es posible que las recibas de vuelta, así que has de estar dispuesto a responder antes de preguntar. Todo es cuestión de equilibrio.

—Algo así —dijo, sin poder ocultar su propia pesadumbre—. Tuve que huir para salvar la vida y la de mis seres queridos. Eso no quiere decir que haya dejado de luchar.

—No vienes a matar a Urboja por la recompensa —dijo ella entonces—. Quieres quitarle a la Tejedora su poder.

El bardo sonrió.

—Y librar a los niños de la plaga de sus Adoradores —admitió—. ¿Cómo sabes que es uno de ellos?

—No creo que sea una de ellos —replicó Vei—. Sólo se adora a sí misma. Urboja es un medio para ella, como lo fue el Mago Azul. En los fuegos del Silencio se ven muchas cosas.

El bardo se quedó helado. Al ver que Vei no seguía hablando, dirigió también su mirada a las estrellas. Ella estaba cerca, y su proximidad lo confortó.

—Tienes una voz muy dulce —dijo, sin apartar la vista de la Gran Garra.

—Gracias —respondió ella, mirándolo—. Deberías enseñarme algunas canciones nuevas.

—Tendremos tiempo cuando acabe todo esto de Urboja —asintió él, mirándola también. Ella sonrió, y él sintió el contacto suave de sus dedos en el dorso de la mano. Sabía que se trataba de algún tipo de «sí» inverbalizable y sonrió con ella.

Así, con las manos enlazadas, compartieron las estrellas. No había silencio entre ellos, aunque no dijeran nada, ya que la locuacidad de su caricia evidenciaba con creces todo lo que se querían transmitir.

No se deben erigir construcciones para honrar al Dios Azul. *Él elige dónde debe ser reconocido y en quién. En los lugares que le pertenecen crecen flores color índigo; en aquellos a quienes reclama despierta la necesidad de buscarlas. Está aceptado permitir a cualquiera seguir la llamada del Dios Azul cuando esta se produce, sea cual sea su edad u ocupación.*

La voz del Dios Azul está en el viento y por lo tanto se cree que la música le pertenece. Todo lo interpretado llega a sus oídos y él puede transmitirlo al resto de la Enéada. Es por esto que las Plegarias Prohibidas de Urboja se recitan en lugar de cantarse. Es por esto que el Dios Azul interviene en tantos amores desgarrados que se cantan a lo largo y a lo ancho de la tierra. Es por esto que los desesperados entonan su defensa en los juicios injustos.

El Dios Vidente lo sabe todo, pero no sabemos cuánto transmite y cuánto calla. Tiene grandes templos llenos de monjes que interpretan sus designios y, por lo general, es magnánimo con aquellos que formulan sus preguntas acompañadas de plumas blancas o monedas de plata, dando respuestas útiles a todo el mundo. Se le dedican ceremonias cada primavera y cada otoño y es costumbre revelar un secreto a un ser querido en cada una de ellas. Se le considera cabeza de la Enéada y quizá por eso sus construcciones son las preferidas por los Adoradores de Urboja para ser arrasadas y quemadas, y sus monjes convertidos en alimento.

La Horda Breve no tiene templos. Es invocada en plegaria por todos aquellos que confían en el impulso de la suerte: los jugadores, los tramposos, los ladrones y los mentirosos. También se tiene entendido que protege a los niños inocentes de las enfermedades inoportunas y de las consecuencias de las caídas aparatosas.

Cuando se reconoce una intervención de la Horda Breve, es costumbre honrarla colocando una mano con la palma hacia arriba unos instantes para que pueda descansar y agitarla rápidamente después para ayudarla a volar lejos.

IV. El Templo Umbrío

—Si alguna vez te pierdes, Saya, no le preguntes a nadie el camino. Fíate de las estrellas. Las estrellas nunca mienten.

Hicsos aparentaba estar tremendamente contento aquella mañana. Cercenar cabezas parecía obrar extraños cambios en su carácter, y llevaba cantando desde el amanecer haciendo sufrir al bardo con su peculiar sentido del ritmo y la entonación. Saya estaba entusiasmada con sus berridos.

—¿Las estrellas? ¿Me pueden decir a dónde ir?

—A lo mejor no a dónde, pero sí cómo. Eso sí, si el camino cruza un volcán vivo yo que tú daría un rodeo.

Saya dejó escapar una especie de ruidito parecido a una risa.

—Nadie es tan tonto como para pasar por un volcán vivo —replicó Saya—. Paladín, ¿tú cruzarías un volcán vivo si te lo pidiera el Lord? —chilló hacia la vanguardia del grupo.

El Paladín detuvo su montura. Volvió la cabeza con una lentitud plomiza y respondió a la niña.

—Cállate de una maldita vez.

Hicsos resopló antes de que Trevia tuviese tiempo de desenvainar para convertir al Paladín en papilla gardinense.

—Eh, tranquilo —exigió, obligando a su enorme percherón a parar también—. El gusarapo y yo estamos hablando.

—Estoy harto de sus preguntas y su impertinencia —protestó el Paladín, subiendo el tono—. ¡No tengo por qué rendir cuentas a una niña malcriada! ¡No es asunto suyo! ¡No es asunto vuestro!

Se hizo un más que incómodo silencio.

—Saca la ponzoña de tu alma y preocúpate de sanarla antes de infectar a nadie con tu veneno —intervino la sacerdotisa, pasando junto al Paladín sin refrenar tu montura—. Si no tienes respuestas o las que tienes te incomodan, es asunto tuyo. Si no quieres darlas, es asunto tuyo también. Pero no debes montar en cólera por ser interpelado, como tampoco quien pregunta ha de soliviantarse si se le niega la respuesta.

—No eres quién para dar lecciones, moza —espetó el Paladín, envalentonado—. Reniegas de tus hábitos y de la Enéada. No me hables de veneno.

—¿Y tú qué sabes? —respondió la sacerdotisa, volviéndose—. No sabes nada de la Enéada. No tienes ni la más remota idea de qué son o qué quieren.

—Soy el Paladín de Garna. Mi sino es juzgar.

—Pues empieza por ti —terció Trevia—. Si le levantas la voz otra vez a mi hija volverás a Garna con lo puesto y quizá algún diente menos. Recuérdalo.

—Guárdate tus amenazas categóricas —pidió el Pala-dín, reanudando la marcha—. Obedeceré tus órdenes, siempre y cuando me dejéis en paz.

El puente debió de haber sido una obra magnífica. Los sillares que permanecían en su sitio, ennegrecidos y humeantes, estaban perfectamente labrados y algunos de ellos conservaban aún las delicadas formas vegetales que los habían adornado.

—¿Lo han quemado?

Trevia no salía de su asombro.

—No. El puente explotó, ya os lo he dicho —dijo, algo molesto, el leñador que habían encontrado en las inmediaciones—. Esto no es bueno. Hay aldeas al otro lado. Cuando había problemas, podían cruzar rápidamente. Ahora tardarán al menos un día en bajar y subir. Y, qué demonios, el puente explotó. Pluf. Sin más, en mitad de la noche. Tuvimos que apagar el fuego...

El puente había permitido salvar la distancia entre las dos laderas de una garganta bastante profunda en cuyo fondo, contaban las leyendas, había habido un río que se secó después de que el Dios Vengador se lo bebiera en una de sus incursiones. Había formas de cruzar, aparte del puente, pero incluían sendas estrechas y horas de incomodidad.

—¿Por qué lo han roto? —inquirió Saya, con prudencia, por si acaso sus preguntas volvían a provocar un amago de Apocalipsis como había ocurrido con el Paladín.

—Porque a los Adoradores les gusta tener a su rebaño cerca —gruñó Hicsos—. Lo he visto otras veces. Arrinconar a la gente en zonas escarpadas.

—La pregunta es por qué ahora —murmuró Trevia.

—Lo que fueseis a buscar al otro lado, será mejor que lo deis por perdido —dijo el leñador, encogiéndose de hombros.

—Tenemos que cruzar —resolvió la mercenaria.

El leñador bufó.

—¿Es tan importante? ¿Vais al Templo Umbrío?

Nadie contestó. El leñador se alejó, murmurando por lo bajo imprecaciones contra la gente que tiene poco aprecio por la propia vida y se arriesga en misiones suicidas.

—Me pregunto cómo será la emboscada que piensan tendernos.

—No va a haber ninguna emboscada.

—Ya. Seguro. Me pregunto si habrá arqueros. Este terreno es fantástico.

—Mira esas piedras.

—Sí.

—Y esos árboles.

—Oh.

—Estoy tentado a desenvainar cuando pasemos por el próximo recodo. Es perfecto.

—Me estás empezando a desquiciar —intervino Trevia, con un resoplido, estropeando la diversión a Hicsos y Adervus.

—Tú te estás dando cuenta también —protestó Hicsos—. Van a convertirnos en picadillo lardario.

Sonó una especie de chasquido, seguido de una vibración sostenida. De repente, se vieron rodeados por una burbuja irisada, translúcida.

—¿Qué demonios...

—Es para que os calléis —protestó el bardo, tras un gruñido—. Es un escudo. Durará lo suficiente, pero no es eterno, así que daos prisa, por favor.

No hubo finalmente emboscada, ni intentos de ataque de ningún tipo. Cruzaron la grieta envueltos en la protección del mago, para regocijo de Saya, y una vez al otro lado Adervus encontró un lugar donde Trevia vio oportuno descansar. A lo largo de la subida se habían encontrado varios montoncitos de piedras, señal inequívoca de que estaban en el buen camino, según Hicsos.

—¿Qué hay en el templo Umbrío? —preguntó Saya después de masticar un trozo de queso.

—Un libro —respondió Trevia.

—Que, según tú, tiene más veracidad que la profecía —gruñó el Paladín.

Trevia lo ignoró.

—¿Es un templo bueno o de los que dan miedo? —inquirió Saya, ignorándolo también. Había aprendido a no hacer preguntas a quien no iba a darle respuestas, y respetaba el criterio de su madre a la hora de tener en cuenta o no las opiniones ajenas, aunque no siempre estuviera de acuerdo con él.

—Es un templo bueno y da mucho miedo —intervino Adervus, haciendo a Trevia girar la cabeza sorprendida—. Está dedicado, más o menos, a todos los dioses. Desde la Horda Breve al Dios Vidente, todos tienen algún representante.

—Incluso el Dios del Silencio —murmuró Vei, mirando al infinito.

—Incluso la Horda Breve —terció Hicsos—. Los Sacros Dados están allí. Si te atreves a lanzar el de veinte caras, conocerás tu destino.

—Entonces no da miedo —dijo Saya, alborozada—. Es un sitio interesante.

—Interesante es la palabra —musitó Trevia, asediada por los recuerdos—. Retomemos la marcha.

Saya había visto bastantes templos durante el viaje, pero ninguno comparable al Templo Umbrío. Las enredaderas, el musgo y el moho cubrían sus paredes, rodeando sus columnas y carcomiendo la piedra, que en algunos lugares empezaba a resquebrajarse. Un árbol crecía en una ventana del segundo piso.

—Aquí no hay nadie —gruñó el Paladín cuando se acercaron a la puerta, que había perdido sus hojas—. Todo esto para nada.

Trevia iba a contestar, pero se contuvo. Tenía muchas ganas de cruzarle la cara de una bofetada a aquel estúpido engreído incapaz de enfrentarse a sus propios fantasmas, pero no era el momento adecuado. Una vez acabase la misión tendría tiempo de ridiculizarlo todo lo necesario.

—¿Está abandonado? —preguntó Saya, visiblemente decepcionada—. ¿Los Adoradores los mataron a todos?

—No —contestó la sacerdotisa, resuelta—. El umbral del Templo Umbrío está dedicado a Ella. Se reconstruye tantas veces sea necesario, pero no se daña nada que decida crecer sobre él.

Dicho esto, avanzó hacia el interior con resolución. El resto la siguió, empezando por Saya, que trotó emocionada ante el nuevo descubrimiento.

No había nadie en el atrio. Una segunda portada de granito, sobria y austera, se alzaba libre de hiedra o madreselva, con tres vanos en su parte baja.

—¡Las puertas de la Tríada! —exclamó Hicsos, maravillado—. ¿A la Enéada no le molesta esto? —inquirió, volviéndose a la Sacerdotisa.

—La Enéada es la Enéada, la llames como la llames —respondió ella, acercándose a la puerta central—. Esta es la puerta de Moah. Es el camino que siguen los que han encontrado el suyo. Esa —continuó, señalando a la izquierda— es la puerta de Eno. Es la que han de tomar quienes no conocen aún el rumbo propio. Y la última —siguió, volviéndose a la derecha— es la puerta de Areg. Sólo la cruzan quienes quieren abandonar su senda, tras haberla encontrado. Aquí nos separaremos.

—¿Por qué? —preguntó Saya.

—Porque cada uno estamos en un punto distinto —respondió el bardo, estudiando la arquitectura.

—Me temía algo así —bufó Trevia—. Trataremos de reunirnos aquí, dentro de dos amaneceres. Lo principal es sacar toda la información posible del Códice, ¿entendido? Si encontráis cualquier otra cosa que pueda ser de utilidad, consejo o provisiones, no dudéis en traerlo con vosotros, si los monjes os dejan.

—¿Hay monjes y eso? —protestó Hicsos.

—Más de los que crees —contestó Vei, sonriendo un poco—. Elegid vuestra puerta.

Adervus se adelantó, sin decir nada, y cruzó resuelto la puerta de Areg. Saya, alborozada, preguntó en voz alta quién iría con ella a través de la puerta de Eno, y al no recibir respuesta la atravesó sola y decidida, antes de que su madre pudiera protestar. Hicsos, tras vacilar un poco, siguió a Adervus por la puerta de Areg. El Paladín hizo amago de ser el primero en atravesar la puerta de Moah, pero Trevia se le adelantó, con el bebé a la espalda.

Siendo los últimos, el bardo tendió la mano a Vei y ella enlazó los dedos con él. Sabedores de lo que implicaba cruzar unidos la puerta de Moah y regocijados por ello, atravesaron el umbral con una sonrisa. Los habitantes del Templo Umbrío tenían ahora trabajo que hacer.

Trevia y el Paladín se encontraron bajando unas escaleras apenas iluminadas por la claridad que se filtraba por la puerta. Pronto se acabaron los escalones y contemplaron un largo pasillo donde un candil solitario era la única fuente de luz.

—¿Qué pasa si te equivocas de puerta? —preguntó el Paladín, súbitamente.

—No tengo ni idea —respondió Trevia, bastante incómoda ya con la situación como para ponerse a hablar con semejante interlocutor—. Intentan probar la cualidad de nuestra alma. Hay muchos dioses mirando, Paladín. Es difícil no contentar a alguno.

El corredor terminaba en unas escaleras de caracol que ascendían un poco antes de desembocar en el lateral de una sala hipóstila de techo alto y columnas lisas. Una decena de monjes vestidos de gris, con la cabeza descubierta y armados hasta los dientes, los esperaban.

—Bienvenido, Paladín de Garna —dijo uno de ellos, adelantándose y desenvainando—. Tendréis que acompañarnos.

—¿Quiénes sois? —increpó el Paladín, desenvainando también.

El que había hablado sonrió.

—Somos los Adalides del Dios Vengador —respondió, levantando la espada—. Hemos de guiarte hasta su altar en sus estancias. Tu camino está consagrado a él.

El Paladín se volvió un momento hacia Trevia, pero ella ya no estaba ahí. Asintió, algo aturdido, y echó a andar siguiendo a los monjes hacia el final de la sala.

Trevia sintió un familiar tirón en los pantalones y se volvió para encontrar a Saya aguantando la risa, haciéndole señas para que la acompañase. Una vez lejos del Paladín y los monjes, le informó de que una Hermana vestida de rojo le había ofrecido agua al entrar y le había preguntado qué quería, y al contestar que matar a Urboja había sonreído y la había emplazado en la biblioteca, subiendo por las escaleras al cruzar el jardín. La Hermana le había recomendado esperar a su madre y los había invitado a todos a cenar en el refectorio, o al menos a quienes ya estuvieran listos.

—¿Podemos ir ya a ver el libro? —pidió Saya—. Luego hasta la cena podríamos mirar todo el templo. Es enorme —añadió con una sonrisa—. Y quiero tirar los dados que decía Hicsos.

Trevia asintió y le dio la mano, sorprendida por el curso que tomaban los acontecimientos.

—Pues no era para tanto el asunto de las puertas —protestó Hicsos.

El monje ataviado de verde se encogió de hombros mientras hurgaba en el cierre de la caja de marfil. Soltó un taco típico de Abur y luego habló con el típico acento gutural del este.

—Hace pensar. Pensar es bueno. Y que tú no percibas las implicaciones obvias no quiere decir que no existan.

Hicsos soltó una sonora carcajada. Le gustaba el monje. La caja de marfil finalmente consintió abrirse y el mercenario pudo contemplar el juego completo de dados de piedra.

—¿Qué me aconsejas? —preguntó, aunque resuelto a no sentar un precedente.

—Que hagas lo que te dé la gana —respondió el monje con una media sonrisa—. Pero no me tires ninguno al suelo. Nunca se pierden, pero ya no estoy para arrastrarme por las baldosas para buscarlos.

Hicsos escogió un tetraedro y lo dejó caer en la mesa forrada de tela. El monje levantó la cara que quedaba oculta con una sonrisita.

—Un hacha rota —dijo, como quitándole importancia.

—¿Y eso qué significa?

—¡Yo qué sé! Yo sólo guardo los dados —comentó el monje, cerrando de nuevo la caja—. Tú cruzaste la puerta de Areg. El hacha se ha roto. Deduce.

Vei y el bardo habían encontrado rápidamente el camino al jardín. Las plantas medicinales y aromáticas que crecían allí les hicieron remolonear un poco para deleitarse con su fragancia, mientras seguían su conversación sobre la situación en el Thrais.

Ella estaba asombrada por el poder que había llegado a tener Erya.

—¿Te crees que es la única que sabe tejer? La urdimbre y la trama son algo más que terciopelos, brocados e inflexiones. Los bordados se pueden ir al garete si alguien encuentra tu nudo. Si lo que dices es verdad, no prestará atención a los nudos.

—¿Tejes?

—Todas las niñas en el Thrais aprenden a tejer —murmuró, apartando la vista—. Pero tejer bien es otra cosa. Los nudos son los más importante. Si no haces bien el nudo...

—Conozco las bases de la urdimbre.

—Lo cortés es que tu trama no interfiera con la de nadie. Madres, hijas y abuelas muchas veces colaboran en la misma, en la que une a la familia y atempera el hogar. No es educado imponer tus nudos a nadie. La Tejedora ha atrapado a todo el Thrais en su urdimbre, y eso está mal. Sus nudos... Son malos. Teje con sombra. No se debe tejer con sombra.

Vei suspiró. Le temblaban los dedos, en especial el meñique de la mano derecha.

—¿Qué estás tejiendo? —preguntó el bardo, con una media sonrisa.

—Tejo silencio alrededor de lo que hablamos —murmuró—. No sé hasta dónde llegan sus hilos. Podrían vibrar con nuestras voces y así...

Se interrumpió, sonriendo.

—¿Qué?

—Ya sé por qué no puedes cantar nada que la satisfaga —dijo Vei, alborozada—. El hecho de que sigas teniendo voz atestigua que su urdimbre es mala y... Falsa. Hace temblar sus hilos y afloja sus nudos. Eres un peligro... Todo seguidor del Dios Azul para ella es un peligro —añadió—. Cualquiera que haga las cosas bien puede evidenciar su...

—Su incompetencia —terminó el bardo, y ella sonrió.

—Mira, la biblioteca —dijo señalando una puerta al final de una escalera que nacía en un extremo del jardín con un cartel que informaba de su función sobre ella—. ¿Buscamos ese Códice?

El monje iba vestido de blanco y gris, lo que lo identificaba, sorprendentemente, como un servidor de los Dioses Sombríos, los nacidos del último suspiro de Ella. Había pocos que dedicasen sus vidas a los moribundos, como era práctica de los Hermanos de la Sombra, y encontrar a uno de ellos cosiendo una encuadernación ajada resultaba un poco chocante.

Trevia y Saya habían encontrado al bardo y la sacerdotisa en las escaleras. La niña había dejado escapar una exclamación ahogada al encontrarse rodeada por montañas de pergamino, papel y cuero avejentado.

—Entrad, no os quedéis ahí —gruñó el monje, tirando con energía de la aguja—. Os he preparado el Códice. Esperad un momento a que acabe con esto.

—¿Cómo sabíais que queríamos el Códice? —espetó Trevia, llevándose la mano a la espada inconscientemente.

El monje levantó la cabeza de su labor.

—La niña dijo que quería matar a Urboja. Si vais a enfangaros en semejante tarea, lo único que puede ayudaros es el Códice Kardaragominiálico, cuya única copia mantenemos aquí gracias a las tendencias de Lord Osido de Garna, Siervo del Etéreo, de apropiarse de lo ajeno —añadió con una risita.

Trevia asintió con un bufido. La puerta volvió a abrirse entonces y apareció el Paladín, un poco pálido, para colocarse un poco apartado con los brazos cruzados sin siquiera saludar.

—¿Qué dice? —preguntó Saya, acercándose al enorme escritorio y asomándose de puntillas.

—Dice, básicamente, que es parte de una seria investigación en diez volúmenes sobre cómo matar a cada uno de los Dioses —respondió el monje, haciendo un torpe nudo en la hebra de la cubierta—. La Deicidicatia es una obra legendaria. El Kardaragominialico es el más extenso de todos sus volúmenes, y tenemos también una copia expurgada del Velaticimialigo y el original del Radolonianso. Por si os interesa —añadió.

—Nadie tiene nada en contra de la Diosa Velada —intervino Vei, adelantándose y cogiendo con delicadeza el cabo pobremente anudado, arrancando una sonrisa al monje.

—No, todavía no. Quizá un día decida arrebatarnos la vista a todos y entonces nos sea de utilidad —añadió—. Tampoco sabemos si es en realidad una Diosa o una fuerza de la naturaleza que hemos decidido dotar de características que podemos entender y cuantificar. Teje un poco de quietud si sabes cómo, por favor —pidió, al ver cómo ella trataba de rematar la encuadernación con mimo—. No para de desgajarse.

—¿Podemos matar a todos los Dioses? —preguntó Saya, entusiasmada.

—No nos compete —intervino el Paladín, con un matiz de apremio en la voz.

—No nos compete, pero vamos a matar a Urboja por orden de tu Lord —terció Trevia en tono categórico—. Y porque es algo que traerá paz a muchos.

—Al Thrais entero —murmuró el bardo.

El monje se incorporó. Levantó un fardo de tamaño mediano y de él sacó una caja de madera que depositó en el escritorio con cuidado. La abrió, para dejar al descubierto un anodino volumen marrón con manchas y una esquina chamuscada.

—Es muy feo —comentó Saya.

—Sí, pero no está pensado para adornar ninguna avenida —dijo el monje con una risita—. Habla de la naturaleza de Kardärago y explica sus puntos débiles, en base a la observación y a los conocimientos heredados de los Ignus.

—¿Los Ignus? —preguntó el Paladín, retrocediendo un paso—. ¿Los paganos?

—¿Todos los paladines sois iguales? —gruñó el monje—. Sombras del Vado, hay una lista tan larga de temas que no se pueden tocar con vosotros que uno opta directamente por no hablaros.

—¿Qué es un Ignu? —quiso saber Saya.

—Te lo contaré luego —dijo Vei con un guiño.

—Sobre Kardärago —continuó el monje—, poco ha de importaros su naturaleza salvo por sus implicaciones. Sea lo que sea, toma cuerpo para alimentarse y sólo se alimenta de cosas vivas. Que le gusten los cachorros podría ser signo tanto de cobardía como de comportamiento carroñero.

—¿Podemos matarlo entonces o no?

El monje volvió a mirar al Paladín con hastío furibundo.

—Es factible. Hay formas de matarlo, si es lo que preguntas, pero eso ya lo sabéis o no habríais hecho todo el camino para consultar el Códice. Si lo que quieres saber es si está permitido, no hay autoridad en estos lares, hijo. Nadie te va a decir si está bien o mal matar a Urboja.

—¿Cómo funciona el libro entonces? —interrumpió Saya, para quien las opiniones y cuitas del Paladín habían pasado hacía tiempo a ser murmullos indignos de atención—. ¿Hay que leérselo y se morirá?

—No, niña —contestó el monje—. Abridlo.

Trevia hizo ademán de abrir la pesada cubierta de piel, pero el bardo se le adelantó. Con una delicadeza infinita, usando sólo la yema del pulgar, abrió el Códice por una de las primeras páginas.

La notación era un confuso amasijo de líneas, puntos y anotaciones al margen escritas por distintas manos.

—¿Qué es eso? —preguntó el Paladín.

—Notación Thrasina —respondió el bardo—. Previa a la normalización de Sorgo de Larda.

—Hay una transcripción sorgona algo después, en vitela —informó el monje—. A mí, personalmente, me gusta acudir a la fuente. Prefiero mis propias interpretaciones. Como esto —dijo, señalando un borrón a mitad de la página—. Esto tradicionalmente es considerado un Fiu Medio, pero tiene más sentido que sea sólo un Fiu y eso un silencio de latos, no un Medio. Por supuesto, será cosa tuya —añadió mirando a los ojos al bardo—. Tienes un tratado entero con siete u ocho opiniones distintas después sobre cada duda.

El bardo asintió, pero no parecía estar escuchando, inmerso ya en el proceso de descifrar aquel jeroglífico.

—¿Entonces? ¿Cómo funciona el libro? —repitió Saya, molesta al sentirse ignorada.

—Es música —contestó la sacerdotisa—. Música para matar a un Dios.

Saya abrió la boca sorprendida.

—¿Música?

—La música afecta a los elementos —dijo el monje—. Los Ignus lo tenían muy claro. Mira lo que pasa cuando vibra el agua. Si hacéis vibrar la sangre de un dios, podéis llevarlo a la perdición.

—¿Y qué pasa con las notas que faltan? —preguntó el bardo.

El monje se encogió de hombros.

—Eres bueno —dijo simplemente—. No te creas que nos hemos olvidado de quién eres. Improvisa.

El refectorio era una sala enorme, con mesas de diferentes tamaños bien provistas de viandas variadas. Una Hermana ataviada con el marrón desvaído de las que se consagran a Areg los condujo a una especialmente preparada para ellos, sin ninguna restricción en el menú. Les informó de las peculiaridades de muchos de ellos, desde los que no comían carne o leche a los que sólo podían alimentarse de aquello que hubiese muerto por la mano del hombre, y a Saya le pareció tremendamente gracioso andarse con tonterías cuando uno tenía hambre.

La cena fue la mejor en mucho tiempo. Adervus e Hicsos se encontraron allí con ellos y Saya quedó encantada de saber que al día siguiente podría lanzar el dado de veinte caras. Adervus no habló de dónde había estado y se limitó a comer perdices a dos carrillos, acompañándolas con pasas. El bardo masticaba ausente un buen trozo de buey mientras Hicsos devoraba él solo medio lechón.

—¿Podrías matarnos a todos con una canción? —inquirió Saya, que estaba impresionada por las implicaciones del Códice.

—A lo mejor —contestó el bardo—. Si conociera la adecuada.

—Pero, ¿lo harías? ¿Si la tuvieras?

—No —contestó rotundamente—. ¿Tu madre te mataría sólo porque tiene una espada?

Saya miró un huevo cocido unos instantes antes de contestar.

—No —admitió—. Pero las espadas también dan miedo. Cortan.

—La única solución es aprender a usarlas —dijo Adervus—. Cuando las dominas, pasas de temerlas a respetarlas.

—Y tienes que estar bien cenado —terció el bardo—. El miedo pierde fuerza cuando tienes la tripa llena.

Hicsos se echó a reír ruidosamente, haciendo caer trocitos de comida en su cuenco. El bebé se asustó y empezó a llorar, pero medio limón tuvo el poder de calmarlo inmediatamente.

—Tienes que aprovechar y comer bien ahora —le recomendó Trevia a la niña—. Es buena comida y es mucha. No sabemos cómo van a ir las cosas hasta que lleguemos a Kargen.

Saya asintió y cogió un gran pedazo de cerdo tostado. Un rato después, para su sorpresa, comprobó que el bardo tenía razón: el miedo se atenúa cuando uno tiene el estómago lleno.

Se imaginó a Urboja comiendo niños y luego a la madre del cerdo que se acaban de cenar.

—¿Los cerdos quieren? —preguntó mirando al bardo, que se había erigido como experto absoluto en términos de amor.

Él sonrió.

—No tienen alma —contestó—. Para amar hace falta tener alma. Lo más parecido al amor que pueden practicar es la protección y nutrición de sus crías, pero si una cerda se queda dormida y aplasta a sus lechoncitos no sentirá pena, así que no, no aman.

Saya asintió, satisfecha. Le gustaban las explicaciones que podía entender sin más y, sobre todo, le gustaba no ser despachada con un «cállate, niña».

—¿Y Urboja tiene alma? —espetó, hacia la otrora sacerdotisa, que entendía de dioses.

—Los dioses son otra cosa —dijo ella, distraída en su media sonrisa—. No podemos entenderlos.

—¿Y ellos nos entienden a nosotros? —inquirió la niña.

—Lo dudo. Tal vez la Diosa Velada. O el Dios Azul.

Saya siguió masticando en silencio unos instantes y después volvió a hablar.

—A lo mejor Urboja no sabe que nos está haciendo daño. Si no tiene alma y no nos entiende... No puede saber el daño que hace a una madre al comerse a sus hijos. Si alguien se lo explica, la Diosa Velada por ejemplo, y se da cuenta de que está siendo malo, a lo mejor se comporta. Y no hay que matarlo.

—Eso no va a pasar —intervino Trevia, secamente.

—A lo mejor lo sabe —susurró Vei, alzando la mirada hacia el techo—. A lo mejor no se alimenta de los niños sino del dolor que provoca.

—Entonces sabría que es malo. ¿Es más malo ser malo sabiendo que eres malo o ser malo sin saberlo?

Sólo recibió silencio por respuesta.

—La niña esta piensa mucho, ¿no? —masculló el Paladín al cabo de un rato.

—Todo lo que a ti no te da por pensar —terció Trevia—. Deja que piense. Pensar ayuda, y más cuando no encuentras la respuesta.

El bebé, que dormitaba sobre Trevia con su medio limón, lanzó un eructo épico en ese preciso momento. Hicsos empezó a reír hasta que se atragantó.

—¡Ese sí que sabe! —exclamó al final, medio rojo ya.

La risa sirvió para espantar a los fantasmas que rodean la maldad. Poco a poco, se fueron retirando a los aposentos que les habían ofrecido los monjes, salvo el bardo, que volvió a la biblioteca acompañado de la sacerdotisa, resuelto a enfrentarse a los pormenores del Códice.

Al amanecer, el jardín estaba lleno de flores azules, y la mayoría de los monjes se sorprendió de lo que aquello podía significar.

Nil, nil, ai, ai, nil,
ai, nil, ai, nil, ai, ai, nil.
Prola siya Casa, Kardärago jardinä
Prola siya Torre, alatosa,
Nil, nil, ai, ai, nil,
ai, nil, ai, nil, ai, ai, nil.
Cuda yega firime? Cuda vola dïs?
Nola vina coisa tul volada
Nil, nil, ai, ai, nil,
ai, nil, ai, nil, ai, ai, nil.
Kardärago soline, flamarlo n'alborada.
Illa chicha flona cocharrona.
Nil, nil, ai, ai, nil,
ai, nil, ai, nil, ai, ai, nil.
siya fauce abrida, temorosa,
siya ulcherosa tornidarai,
Nil, nil, ai, ai, nil,
ai, nil, ai, nil, ai, ai, nil.
melisumia dïs, melisumia flamida,
n'asadura brota, ancodrijata vil.
Nil, nil, ai, ai, nil,
ai, nil, ai, nil, ai, ai, nil.
Cuda yega firime? Cuda vola dïs?
Nola socarrata, ancodrijata vil.
Nil, nil, ai, ai, nil,
ai, nil, ai, nil, ai, ai, nil.
Kardärago soline, cuda vola dïs?
Flamarlo melisuta n'alborada.
Flamarlo! Socarrata! Ancodrijata vil!
Flamarlo! Socarrata! Ancodrijata vil!

V. Kargen

—¿Qué es un Ignu?

Saya volvía a cabalgar con la sacerdotisa. Estaba un poco apática desde que el dado de veinte caras había resultado un absoluto fiasco, al devolverle sólo un triángulo en blanco las seis veces que se había obstinado en lanzarlo. Al probar con el de doce, en el pentágono aparecía la runa de Sabhl, la asociada con la valentía, y eso la había confortado un poco, pero no mucho. Se sentía un poco estafada.

—Los Ignus vivían en Veria y en el Thrais hace mucho tiempo —respondió Vei, en su tono calmado—. Antes de que los Lardarios conquistaran el mundo, estaban los Ignus. Las personas aprendieron de ellos a tejer y la perversidad de Kardärago.

—¿Las personas? ¿Ellos no eran personas?

—Eres muy lista —sonrió la sacerdotisa—. Se dice que los Ignus tenían la piel cobriza y los ojos como el nácar. Los lardarios los temían y los atacaron, y ellos se marcharon porque no estaba en su naturaleza luchar.

—¿Dónde se fueron?

—No se sabe —respondió ella con melancolía—. Se dice que volvieron al lugar sin nombre de donde procedían, atravesando un espejo que después se quebró en mil pedazos y dio lugar a las mil estrellas guía que se conocen en Thrais.

—¿Por qué los atacaron los lardarios? En Larda la gente es buena. Tenemos escuelas y hospicios —añadió—. Y hay pan para todos.

—Los Ignus no creían en la Enéada —reveló Vei—. Los lardarios lo consideraron una ofensa terrible.

Saya abrió la boca, pero la cerró inmediatamente. Había visto a su madre detener el caballo y oído el inconfundible chasquido del arco de Adervus al tensarse. El Paladín estaba desenvainando. Con una lentitud exasperante y la impotencia del tiempo real de reacción, Saya decidió no gritar y cerró los ojos con fuerza, antes de que el caballo de la sacerdotisa se encabritase y las lanzara por los aires a las dos.

Seis o siete Acólitos desconcertados como los de la vanguardia no eran mucho de qué preocuparse. Sin embargo, dos docenas de Adoradores no es algo que se pueda tomar a la ligera, y menos si van montados y pertrechados para el combate. La Guardia de Kargen tenía su hueco en la leyenda por una razón. La leyenda, sin embargo, no refería ocasiones previas en las que se la hubiera visto fuera de Kargen.

El arco de Adervus había hecho caer a dos antes de que pudieran hacer nada parecido a cargar, y alguno de los Adoradores con reflejos había reaccionado encabritando sus monturas, haciendo caer a Saya y a Vei y poniendo a los demás en un serio aprieto. Hicsos había optado por desmontar directamente y partir piernas equinas hacha en mano para conseguir el mismo efecto. Unos instantes después, la burbuja del bardo volvió a aparecer, dándoles unos instantes de tregua en los que Trevia le pasó el bebé a Vei, a pesar de su más que probable hombro dislocado, organizando la defensa a gritos apresurados.

—¡Implorantes! —gimió Vei, en un anuncio apresurado, y el bardo asintió.

Varios Adoradores retahilaban sus plegarias incoherentes, atacando la burbuja del bardo, resquebrajándola y finalmente haciéndola reventar. Los demás no eran Acólitos descerebrados, e inmediatamente se dirigieron hacia Vei y los niños, obligando a Adervus y al Paladín a defenderlos. El bardo se hizo cargo de los Implorantes, pero aun así los guerreros eran demasiados, aunque nunca se las habían visto con una madre armada con una espada que sabía perfectamente cómo utilizarla.

Hicsos cercenó cabezas. Trevia atravesó entrañas y cortó gargantas. Adervus se quedó sin flechas y tuvo que desenvainar. El Paladín amortizó todos sus años de instrucción. Saya, con los ojos cerrados, acunaba a su hermano sollozante protegida por el cuerpo y el brazo sano de la sacerdotisa, en el suelo, escuchando su voz queda elevarse en una plegaria apresurada.

El bardo repelió cinco cataratas de desesperación y cinco oleadas de hambre, y uno de los Implorantes cayó. Cuatro impactos de ansia después, otro empezó a vomitar sangre. Los tres restantes empezaron a flaquear. Hicsos aulló, herido, y Adervus se derrumbó inconsciente. A pesar de los esfuerzos del Paladín, uno de los Adoradores cogió a Saya en volandas, haciéndola gritar y soltar a su hermano, recuperado milagrosamente por la sacerdotisa que se levantaba como podía invocando en lo profundo de su alma la protección de la Enéada.

Saya abrió finalmente los ojos y le soltó una patada en la boca al Adorador, que se tambaleó el tiempo suficiente para que el Paladín le atravesase el cuello de un tajo certero. Se hizo daño en el tobillo al impactar contra el suelo, pero aun así se arrastró hasta encontrar las piernas de la sacerdotisa, y la encontró con la mirada fija en el bardo, murmurando, abrazando al bebé, que aún lloraba.

Trevia desjarretó con un grito a otro Adorador, mientras Vei susurraba el nombre del bardo, que un instante después pareció flotar sobre el mundo en lugar de en pie sobre la tierra, y los tres Implorantes que quedaban cayeron. Se volvió iracundo hacia los guerreros que aún luchaban y, momentos después, todos ellos echaban espumarajos por la boca, convulsionándose en el suelo, sin que eso los salvara de ser rematados por Trevia, por el Paladín o por Hicsos, aun herido.

Saya sintió a la sacerdotisa dejarse caer en el suelo. Trevia cruzó con el Paladín unas palabras que la niña no entendió y entonces bajó la mirada hacia el Adorador que había estado a punto de llevársela, en el suelo con la garganta abierta. La sangre brillaba, roja. Parecía irreal. Las consecuencias de perder tanta sangre debían de ser terribles, pero al Adorador no podían preocuparle ya que estaba irremediablemente muerto.

Saya no era capaz de verbalizar nada más allá, pero lo que se removía en su interior impulsó un llanto imparable, espasmódico, que le arrebató la respiración. Hicsos la cogió en brazos sin preguntar a nadie y se la llevó de allí mientras Trevia le sacaba las últimas migajas de información a un Acólito agonizante, unos pasos más allá.

En la oscuridad, apartada de las miradas de sus compañeros, Trevia alimentaba a su pequeño con la mirada fija en la nada. Saya aún lloraba en sueños, a su lado. Se había negado a comer nada, incluso después de vomitar varias veces presa del pánico. Los dos niños estaban ilesos, al menos de cuerpo. Las heridas de Hicsos no eran graves y Aervus, tras recuperarse trabajosamente, había podido volver a poner el hombro a Vei en su sitio. Podrían hacer frente a la última etapa de la misión en mejor forma de la que Trevia había pensado que estarían tras descubrir a los Implorantes en el grupo de atacantes. Menos mal que tenían al bardo.

Ninguno había sobrevivido. La partida no tenía nada que ver con ellos; iban en busca de ofrendas para Urboja a las aldeas que habían dejado aisladas tras la destrucción del puente, o al menos eso habían dicho tres de los agonizantes Adoradores que después habían pasado a engrosar la lista de bajas.

Se preguntó qué habría llevado a cada uno de ellos a seguir al Dios Hambriento. El desamparo debía de ser extraordinario para exponerse a la ira de Urboja a cambio de su beneplácito, sus dones o su protección. Quizá en algún momento habían sido víctimas que para escapar de su condición habían elegido el camino del verdugo. Sintió una lástima infinita por aquellos cadáveres que dejaban atrás en el camino, convencida de que no habían muerto al ser atravesados por su espada, sino el día en que recibieron la bendición envenenada del Dios Hambriento.

Saya gimió en sueños. Trevia suspiró, pensando en que tenían que apresurarse. En Kargen sospecharían si la partida no volvía y enviarían patrullas en su búsqueda, y eso podría complicarles la tarea. En dos, tres días como mucho, tendrían que ascender hasta la guarida del Dios Hambriento, y suplicar a la Enéada que la información contenida en el Códice fuese acertada.

—¿Duerme?

La voz de la sacerdotisa la pilló por sorpresa. Trevia asintió. Vei se sentó junto a la niña y le puso la mano en la cabeza, dulcemente.

—¿Cómo está tu brazo? —preguntó Trevia.

—Mal —respondió ella—. Habrá secuelas. No creo que pueda dedicarme a la acrobacia después de esto —añadió con una risa seca.

—¿Es cierto que los Ignus podían sanar cualquier herida o enfermedad? —inquirió la mercenaria, que no recordaba muy bien de dónde había sacado esa información.

Vei suspiró.

—Más o menos. Se dice que conocían los secretos del cuerpo y la mente, y que podían imitarlos a voluntad, habiendo alcanzado una perfección tal que estaban camino incluso de revertir la vejez.

—Evitando entonces la muerte —dedujo Trevia.

—No. Los Ignus entendían la naturaleza de este mundo, y lo que vive ha de morir. Podían evitar el sufrimiento, pero no entraban en alterar el proceso.

—Debían de ser entonces muy distintos de nosotros, si podían enfrentarse así con el miedo y la certeza de desaparecer algún día. ¿Cómo sabes todo esto?

—Lo eran. Se ven muchas cosas en los fuegos del Silencio —respondió Vei, ensombreciendo el tono—. Y estudié, en el Thrais. Leí mucho. Echo de menos los libros —añadió, con un suspiro débil—. He espantado sus pesadillas. Descansará.

Acarició una última vez la cabecita de Saya y se despidió lacónicamente de Trevia. Ella acunó al bebé unos instantes más y después se acostó junto a su hija, tratando de descubrir qué era lo que echaba de menos exactamente ella misma.

Dos días después llegaron a la senda que ascendía por la ladera boscosa del Monte del Hambre, adentrándose en la espesura. A pesar del miedo, Saya cabalgaba con la cabeza alta, haciéndose cargo de las riendas dado el estado del hombro de Vei. Había dejado de preguntar porque no sabía si quería respuestas. A su silencio se había sumado el de los demás. Le habría gustado conocer en qué consistía la quietud de cada uno de ellos, pero ante la posibilidad de que fuese otro silencio lleno de sangre brillante como el suyo, prefería mantenerse callada.

Trevia daba órdenes con una voz átona que nadie cuestionaba, ni siquiera el Paladín, que la seguía en la vanguardia con gesto hosco. Atentos ante las señales de cualquier otro ataque, nadie parecía querer perder la concentración con digresiones de ningún tipo. Al menos, así fue hasta llegar a una bifurcación en la que Trevia guio a su caballo hacia la derecha, en lugar de hacia un puente desvencijado que conducía al otro lado de una oquedad verde.

—No podemos ir por ahí —dijo el bardo, deteniéndose.

—¿Cómo? —preguntó Trevia volviéndose, con un tono de fría ira en la voz—. ¿Pretendes que los caballos vuelen hacia el otro lado? ¿O quieres dejarlos aquí?

El puente, de madera, no parecía soportar mucho peso. Hicsos tendría que ir con cuidado.

—No podemos ir por ahí —repitió el bardo arrastrando las sílabas— porque en cada historia que cuentan en el Thrais sobre el malvado Kardärago hablan de la Senda Bífida. *Nil, nil, ai, ai, nil, ai, nil, ai, nil, ai, ai, nil.* Llevamos dos nil y dos ai. Debemos coger el nil —añadió, señalando al puente roto—. Todo el mundo sabe lo que le pasa a quien se equivoca de camino ascendiendo al Palacio de Kardärago.

—Perece de forma espantosa —corroboró Vei, con la mirada perdida en la nada.

—¿Y eso cómo lo sabes? —increpó Trevia, visiblemente molesta, camino de la indignación.

Él sonrió con suficiencia antes de contestar.

—Es que soy bardo.

Finalmente abandonaron a los caballos en la espesura y cruzaron, uno a uno, al otro lado. El puente aguantó. Al cabo de un rato, Adervus cogió a Saya en su espalda a pesar de sus protestas y de afirmar que no estaba cansada. La ascensión continuó en un silencio ominoso, lleno de preguntas calladas y de miedo creciente. Más tarde, al intentar evocar ese tramo, ninguno tenía claro cuánto tiempo les había llevado, siguiendo las indicaciones de nil y ai, ni tampoco podían recordar el paisaje circundante. Sólo una insípida neblina gris permaneció en su memoria posteriormente, hasta que empezaron a aparecer las torres.

Varios centinelas cayeron sin saber de dónde venían las flechas que los atravesaban. Más allá de las vetustas torres erigidas siglos atrás, la entrada a la cueva de Urboja no estaba bien defendida, dado que nadie en su sano juicio se acercaba jamás allí.

Como un desgarro en la tierra se abría la boca de la caverna donde el Dios Hambriento habitaba. Trevia recordaba haber evitado aquella parte para dirigirse directamente a las atalayas de guardia, donde el Acólito renegado afirmaba que escondían el tesoro, así que no supo muy bien cómo reaccionar ante aquella visión. Envueltos en el estupor de haber llegado al fin del viaje, impregnado además por el objetivo que les aguardaba, se colaron sigilosamente en su interior y, tras avanzar con el mayor cuidado en la oscuridad, finalmente encontraron la negrura burbujeante que era su nido.

Entre estalactitas rotas y pequeños huesos, unos brillantes y otros aún con una vaga evocación antropomórfica, se alzaba un torbellino sucio a través del cual podía adivinarse el vacío. La Enéada no había puesto jamás un pie en aquel rincón maldito del mundo.

Antes de que nadie pudiera cruzar la mirada con nadie preguntándose qué hacer a continuación, el bebé dejó escapar un gorgoteo. Los acontecimientos se precipitaron.

Los mortales no están preparados para la contemplación de un dios.

Aquella nada tenía ojos que no podían ver y en ella cantaban voces que sólo conocían el silencio. Lentamente, invocado por su alimento, las fauces abiertas de la deidad sin rostro se perfilaron envueltas en mil lenguas ávidas, desprovistas de simetría, conformando un conglomerado caótico de hambre, necesidad y ansia; de oscura carne divina jamás ahíta, exigiendo su ofrenda sin opción a resistencia. De las profundidades surgió un aullido desgarrador que hizo crepitar la luz de las estrellas.

Saya gritó de puro terror y se acurrucó abrazando sus rodillas tras una roca. El Paladín vomitó. Trevia, acunando aún a su hijo en brazos, comenzó a reír como una histérica cuando el bardo, enarbolando la única sangre fría en aquel antro, comenzó a rasgar las cuerdas de su laúd.

El Ignitum vibró. Los primeros acordes resonaron fuertemente, acallando el rugido del Dios Hambriento. La sustancia del aire cobró una cualidad iridiscente y la paz reemplazó al terror. El ritmo domeñó al tiempo y éste se ralentizó bajo las órdenes del bardo; asimismo, la materia abominable de la que estaba hecho el Dios Hambriento fue subyugada por el poder del Mago y la vibración que esgrimía, sin que pudiera notarlo siquiera, espoleado como estaba por su hambre insaciable. Trevia sintió un empujón y apenas pudo reaccionar cuando vio que su hija la adelantaba y se plantaba ante Urboja, apretando los puños con decisión.

La música le decía lo que había que hacer, y evidentemente su hermano no iba a poder acometer la tarea porque era demasiado pequeño para tomar decisiones por sí mismo. Alguien tenía que tomar la iniciativa, y esperaba que su madre lo entendiera después. Tenía miedo. Tenía tantísimo miedo que apenas podía respirar.

Saya adelantó un pie. Después, el otro. Dio dos pasos más antes de levantar la cabeza hacia la nada que era Urboja, con la barbilla temblando y los ojos llenos de lágrimas, mientras una brisa abominable le acariciaba las guedejas de pelo de la cabeza. El Dios Hambriento la meció, complacido, bajando la guardia, ignorando los gritos desesperados de Trevia, a duras penas sostenida por Adervus e Hicsos. La vida se le escapó en un último hálito, aliviada al escuchar a lo lejos los Nombres Secretos, pronunciados quedamente por la sacerdotisa; satisfecha al contemplar, mientras su visión se nublaba, cómo florecían en la enredadera las flores índigo del Dios Azul.

Sintió, cuando ya no veía ni oía, la agonía de su verdugo; y, al despertar entre los brazos de la Diosa Velada en una forma que jamás habría imaginado, su luz sonrió.

Adervus se había desembarazado del arco y del carcaj para impedir que Trevia se lanzase a las fauces del

Dios. Vei se asombró un poco ante la resolución de la niña, pero la respetó. Los sacrificios no han de ser en vano, y no parecía que nadie fuese a hacerse cargo de lo que Adervus dejaba atrás. Hicsos gritaba también.

Una inusitada serenidad la arropaba desde que el bardo había empezado a tocar. Se agachó para coger el arco y una de las flechas que había robado del Templo del Silencio. Susurró los Nombres Secretos mientras la colocaba en la cuerda. Algo se rasgó en su hombro, de nuevo. No le importó.

La canción decía *flammarlo n'alborada*. La canción hablaba del *melisumia flamida*, así que no quedaba otra que entonar los nombres de nuevo, armonizando con el laúd. Tensó la cuerda y comprobó cómo en la punta de la flecha se inflamaba un fuego azul.

Urboja era todo una boca, una aberración hambrienta. *Siya fauce abrida.*

Soltó la cuerda.

Flammarlo n'alborada.

Erya del Thrais estaba durmiendo cuando lo sintió. El enorme hueco en su urdimbre amenazó con engullirla, así que trató como pudo de aferrarse a los hilos que se soltaban. Sus nudos se deshacían; aquello en lo que había basado la trama ya no existía. Apenas podía respirar.

—¿Qué pasa?

Su esposo se había despertado con su agitación. Acababa de amanecer en Arubase.

—No pasa nada —mintió, y se le quebró la voz. No tenía sombra con la que tejer.

Él se incorporó sobre un codo.

—Es... ¿No tienes su protección ya?

Erya intentó tomar aire. Sus nudos se deshacían a una velocidad alarmante. El silencio que había urdido sobre el Thrais se deshilachaba y la música que había prohibido echaba a los hilos que le quedaban. Intentó sostener las hebras sueltas, pero se evaporaban junto a la sombra en la que los había entorchado.

Se llevó las rodillas al pecho y empezó a llorar.

El amanecer es diferente cuando has cruzado la frontera de lo establecido y has cambiado la realidad. La luz se derrama con la misma pereza de siempre, pero su cualidad cambia. Aquello que antes iluminaba, ahora evidencia; el día que comienza no es uno más, sino el primero después de un último que es posible no hayas sido consciente de que lo era. Es un inicio doloroso, frío e inmisericorde. Lo que era ya no será más. Es un mundo nuevo, diferente al que conocías y en él hay un vacío que jamás podrá ser llenado.

Es difícil asumir que el mundo va a ser así a partir de ahora. El corazón intenta suplir lo que la razón descubre, y el recuerdo trata de paliar lo que faltará para siempre. Todo lo que ya no será se adueña del pensamiento, que intenta consolarse con lo que ha sido. La cruel verdad es que no hay consuelo posible. El tiempo tiene mucho poder, pero hay heridas que ni siquiera él es capaz de curar, empezando por el dolor desgarrado de una madre que ha visto a su hija desaparecer para no volver jamás.

—Nuestra misión se ha cumplido.

Trevia, devastada, no levantó la cabeza ni la mirada. Absorta en los gorgoteos de su hijo, ignoró al Paladín. Si era un intento de consolarla, había sido uno pésimo.

—No puedo esperar a cobrar —comentó Hicsos, empezando su propia línea de pensamiento—. Voy a casar a Pinna y a comprar ovejas. No voy a levantar el hacha en la vida —añadió con una carcajada—. Los muchachos tendrán que aprender a cortar leña por mí.

Se hizo el silencio alrededor de la hoguera.

En el Templo, en la Ciudad Sagrada, lo supieron inmediatamente. Varias cosas se hicieron evidentes: la primera, que el Dios Hambriento había dejado de existir; la segunda, que la Profecía había resultado ser un enorme fiasco; y la tercera, que a partir de entonces la supremacía de la Enéada era incontestable.

La primera evidencia llenó las calles de danzantes, de música y de festejos. Ríos de bebida y hordas de peregrinos gozosos llegaron en los siguientes días para inundar sus calles con la alegría del final de una Era, y la esperanza ante un futuro carente de la amenaza más antigua que habían conocido en toda la historia.

La segunda evidencia llevó al nuevo Pontífice a hacer un expurgo entre las filas de los monjes y las hermanas consagrados al Dios Vidente y a iniciar una revisión de todo lo visto y escrito hasta el momento. Se reflexionó sobre la comodidad a la que los había llevado la Profecía; sobre cómo se habían conformado con esperar a que apareciera mágicamente un elegido que les solucionara el problema en lugar de hacer algo para evitarlo, pensando que sería infructuoso y equivocándose con esa decisión, como acababa de ser demostrado.

La tercera evidencia se perfilaba como una amenaza para algunos, como los Hermanos de la Sombra, y en el Templo Umbrío se habló mucho del equilibrio y se teorizó y elucubró sobre los caminos que podían seguirse en el futuro. En lo que la mayoría coincidía era en la imposibilidad de predecir el rumbo que se tomaría a partir de entonces.

Pronto llegaron los rumores sobre el Thrais. Cómo las tejedoras habían encontrado nudos prohibidos, entorchados con sombra, en la urdimbre de la Princesa Tejedora. Se habló de qué pasaba en realidad con los huérfanos que tan generosamente había acogido en el palacio, de cuál era su verdadero destino, de cuántas almas inocentes había entregado al ahora extinto Dios Hambriento. Se habló de todos aquellos exiliados que volvían al Thrais con sus laúdes, sus violines y sus arpas, y hacían vibrar hasta la extenuación sus torpes tramas que no se sostenían sin la presencia de la divinidad maldita. Y, sobre todo, se habló del regreso del Mago Azul, enarbolando las cuerdas de Ignitum que hicieron desaparecer todo rastro de su egoísmo entretejido, liberando al fin el Thrais.

De su destino hubo más especulación que otra cosa, pero decían que se le había perdonado la vida, aunque por sus crímenes tuviera que pagar siendo encarcelada de por vida, así como aquellos que habían colaborado con ella sin la coacción de su trama. La urdimbre deja marcas en el alma, y aquellos que la habían sufrido fueron sanados con el tiempo. Los que, sin embargo, habían aceptado gustosos los designios de la Tejedora en beneficio de su propio medrar, sufrieron su mismo castigo, en proporción a su implicación.

Los crímenes en el Thrais no prescriben. Los hilos recuerdan y la trama no perdona.

Sayro no sabía quién era su padre y estaba convencido de que no le hacía ninguna falta, pero desde que tenía uso de razón había considerado a Adervus como su abuelo o padrino, igual que el Anciano Clemente en los cuentos de Rado y Vora. Solía contarle historias sobre su hermana, una niña que se había convertido en un ser casi mítico en su imaginación. El asunto de su muerte era todo un misterio; según su madre, había muerto de fiebres y, según Adervus, al caerse de un caballo.

Sin embargo, había escuchado la canción del Mago Azul en la Casa de los Danzantes en Garna sobre la muerte del Dios Hambriento, y la Niña Valiente tenía mucho que ver con lo que sabía de Saya. El Arquero, la Madre, la Sacerdotisa, el Bardo, el Guerrero, el Paladín. Aquella canción, que desde el Thrais se había extendido por Larda, Veria y los reinos colindantes, parecía más un recuerdo que ninguna otra cosa. Así que, cuando Sayro llegó a la edad adecuada para embarcarse en la vida por su cuenta, Arubase le pareció el mejor lugar para empezar a averiguar qué había sido de su hermana y cómo honrar su memoria como se merecía.

M. C. Arellano

M. C. Arellano nació en 1984 en la ciudad de Toledo. Es licenciada en Historia del Arte y Experta en Gestión Documental de museos. Escribe historias infantiles y novelas de género fantástico; cuenta cuentos tradicionales y de cosecha propia. En los últimos tiempos ha trabajado en derroteros relacionados con la localización de videojuegos, abocada al exilio en países anglosajones como tantos otros de su generación.

La suerte del Dios Hambriento

Esta novela corta fue editada por primera vez en formato digital con Sportula en 2015 y en papel en 2018 bajo el mismo sello.

Nominada para los premios Ignotus en 2016, *La suerte del Dios Hambriento* aborda el proceso de forja de criterio y las diferentes formas de afrontarlo, un auténtico viaje del héroe simbolizado aquí por la aventura clásica rolera y llevado a la práctica mediante el sistema, también clásico, del diálogo socrático.

Desde la cosmogonía a la notación musical, pasando por la arquitectura y la historia, la construcción del mundo donde se desarrolla esta novela muestra el inevitable mestizaje de culturas, la evolución orgánica de los mitos, los estilos bastardos y, en definitiva, la impureza real de todo momento histórico fuera del mito cerrado canónico o los periodos artísticos que se simplifican en su enseñanza con características inamovibles y definitorias. Los peros y las excepciones son, en realidad, la norma; la riqueza que cuestiona en cada momento lo establecido, igual que las preguntas que se agazapan tras las certezas y los dogmas. Su conocimiento y exploración son, precisamente, las claves para la forja de criterio que explora esta narración, y así el escenario envuelve a la acción en un espejo que impulsa la reverberación de la idea principal.

La ficción es el campo de pruebas por excelencia para la exploración de los temas peliagudos a los que el ser humano se enfrenta mejor protegido por lo simbólico. Así, la Fantasía, tan denostada como desconocida, invisible aunque dance a plena vista desde los mismísimos comienzos de la literatura universal, es una herramienta y un medio imprescindible a la hora de atreverse a tantear nuevas ideas, nuevos enfoques, nuevos mundos. Puede tanto reflejar de forma cruel y descarnada nuestra realidad actual, haciéndonos apartar la mirada de este espejo con dolor al reconocernos en la crueldad que esgrime, como abrir una ventana a formas nuevas, mejores y más arriesgadas de enfrentarnos a la realidad.

Sea, entonces, la Fantasía quien nos haga las preguntas, adecuadas e inadecuadas, placenteras e incómodas de contestar. En nosotros está, en último término, la opción de enfrentarnos a ellas o no.

M. C. Arellano
Julio de 2020